河路由佳歌集

SUNAGOYA SHOBŌ

現代短歌文庫

砂子屋書房

自撰歌集

『日本語農場』(抄)

Ⅰ（一九九一〜一九九四）

Ⅱ（一九八七〜一九九〇）

解説

河路由佳歌集

自撰歌集

#『日本語農場』（抄）

I （一九九一～一九九四）

日本語農場

子の母語が日本語なるは紛れなくほう法華経と聴く春の耳

日本語に文字のなかった黎明を語り始めて漢字の授業

言の葉の苗を育てて出荷する日本語農場《ファーム》の春夏秋冬

年収の十年分を工面して武兵《ウービン》の選びし「日本留学」

独立のための戦《いくさ》は正しいと言ふアンディカの円《つぶ》らな瞳

言はむとしふと口噤む青年の霧の向からのアジア大陸

幻の遣唐船

青あをと明るみてをり空海が唐に学びしわづか二年《ふたとせ》

幻の中国に寄りゆく心　遣唐船は絵描きも乗せき

言霊《ことだま》の幸《さき》はふ国を出でし時歌人《うた》にあらざりき　憶良よ

男装の貴婦人馬に跨がりて闊歩せしとふ長安の春

倭国には今なほ若き皇太子ありてそのうち妃《きさき》も決まる

いい風が吹いてきたから行けと言ふ　まるで凧でも揚げるみたいに

そのかみの非国民なる語の響きふとつぶやけばその歯切れ良さ

何者か我を駆り立て師に友に家族に遠く旅立たしむる

どうしても会はねばならぬ人の待つ気のする西安　歴史の都

赴任先西安交通大学はシルクロードの市場の跡地

この国にかっきりと組み込まれゐし機械じかけの日々に　さよなら

夕暮れの西安より

何とまあ漢字のうまい外人と言はれ自転車登録終はる

鈍重な牛ひっぱたき歩ませる八億の中の一人の農夫

九十万年前より人の住む田畑　ほこりまみれの子が牛を追ふ

文物も歴史も中国発展のお荷物ですよと若き嘴《くちばし》

木も屋根も人も黄砂に覆はれてすぐ隣まで来てゐる砂漠

降りやまぬ蟬の声にも似てせつな　人民人民多すぎたるは

電灯のなき自転車の濁流に交じり夕べの西安をこぐ

減らさねば人減らさねばと繰り返す国に一人子独りで守る

月餅をあまたもらひて持て余す中秋の古都に月現れず

乾く夜のラジオジャパンに首相の座退きゆくものと得るものの声

華北平原

西安の大き西瓜に顔埋め西瓜に呑まれてみる炎天下

白髪の翁笑まひて唐詩集値引いてくれし驪《り》山《ざん》の麓《ふもと》

目を細め日本人には見えないと言はる　思はず謝謝《シェーシェー》と言ふ

兵俑として立ち尽くすこと免れて見えねども女《をみな》らの二千年

四川省生まれはなまり強ければピリリと辛いラ行が出ない

窓外にただ太陽が弧を描く八時間ほど華北平原

中国人《チョングオレン》と君が言ふ時中国はまこと世界のまん中である

絵本では阿童木《アトム》が悟空に降参し中日友好劇のフィナーレ

戦時期の辞書

中国の図書館四つ戦時期の日本語教科書たづねて巡る

「国語進出論」華やかに大陸へ日本語教科書咲き渡らせき

手にとりし戦時の日中辞書「負《マ》ケル」「紛《マギ》レル」「迷《マヨ》フ」「参《マヰ》ル」「間違《マチガ》フ」

善良な日本語教師なりけりと聞けど戦後の行方は知れず

植民地の子供でありし張媽媽《チャンママ》の折り目正し
き旧仮名遣ひ

日本は信用せぬが日本人は友達だよと愛新《アイシン》
覚羅《ジェロ》氏

隷書展見てきて思ふ　丸文字もたっぷり書
かば美しからむ

幼子にかなを教へる昼下がり　共栄圏とは
何の幻

消えてゆく夏

黄土この黄の微粒子の広がりの我が立つめ
ぐり耕してゐる

海に生まれ海越えてきた我が湿り海を知ら
ざる風に晒さむ

さくらの国とあなたが言へば限りなく美し
くなるわたしの祖国

帰りなむ　小さな日本の東京の小さな庭に
花が咲いてる

我ひとり消せばすなはち来年の西瓜売場に寝てゐる男

帰国

単身赴任の一年終へてほのぼのと秘密三つほど殖やして戻る

一年ぶりに祖国に降りつ　知る人に似て知らぬ顔ばかり行き交ふ

この国をまたはみ出づる日の予感　空港ロビーのざはめきの中

別れきて深まる秋の我が窓へつぶつぶ点《とも》るピラカンサの実

こんなにも月の光が濡れて降る　黄砂の国より戻りし我に

お隣のお茶の師匠の庭先にほろ苦さうな紫式部

「あいうえお」から

初秋の新入生に五十音「あい」に還りて教へ始める

漢字圏非漢字圏に学生を分けていよいよ「あいうえお」から

「あ」は「安」より優しいのです最後までうわんと丸く描ききること

ひらがなのひとつひとつにアラビアの文字で読みがな振るを見守る

百のかなやっと覚えたみなさんに今日から漢字を毎日八つ

*

答案に苦心の末の巧まざるユーモアありてふと微笑《ほほゑ》まる

「湯」と書いて消して「煮え油を飲ます」とは恐ろしけれど天晴れアンディ

SHINJUKUのしんじゅは真珠《パール》のことかとはダーリの最初の質問なりき

＊

先生また「あいうえお」ですかよく飽きま
せんねと一年前の学生

手紙

起こされてコレクトコール受け取れば置き
去りにせし教へ子の声

潮流に身をまかせつつしなやかに一匹の魚
のごとき国土よ

眼閉づれば今日も今頃自転車であなたが風
を切ってゐる道

一通ごとに日本語の技上げて来る蘇州生ま
れの乙女の手紙

はじまりは春とふ日本の習ひゆゑ半年待っ
て来日すべし

異邦なる青年のおぼろなる夢にふつつかに
迷ひ込みしひと夏

三日月の眉

ニュースにて訃報遍く知らされてひゅーん
と遠くなった　先生

つうの言ふ「さやうなら」とふ中高のアク
セント　師は死に給ふなり

先生が三日月様に願かけて引いてゐたその
三日月の眉

半世紀後れて生まれ来し我が先生とみかん
を食べたこの卓

中高に言はねば心籠らぬと師の宣ひし「心」
のこころ

『夕鶴』の衣装さながら純白に茜のさした師
の骨拾ふ

我は師の最も幼き弟子なれば生きねばなら
ぬ　なほ半世紀

師に背き我のまうけし一人子と雪遊びする
我は下界にて

紙の上《へ》に眠れる文字を目覚めさす妙をわく
わくして習ひけり

師の逝きて主なき台本『夕鶴』の文字は平たく貼り付いてゐる

海越ゆる蝶

―てふてふが一匹蝶韃靼海峡を渡って行った

――安西冬衛「春」

大連の『亜』といふ詩誌より飛び立ちし蝶々新しき一行詩

「満州」で安西冬衛は日本《にっぽん》へ飛ぶ一匹の蝶を見たのだ

日本《にっぽん》へ向き渡りゆく蝶々の形に似ると言はれし「満州」

大連駅は日本のやうに立派だと洪波《こうは》はさらりと言ってのけたが

日本語を日本ならざる風景に溶かし込まむとすることの是非

国境をひらひら渡る一匹の蝶は時代を生き延びる蝶

II　（一九八七～一九九〇）

アメリカ生まれ

新世界とかつて呼ばれし異国にて生《あ》れし子の目が我に似てゐる

忽然と現れ出でたるもののごと我が腕に眠る草原の吾子

いやいやと首を振ること覚えれば否と言ふのはいとも楽しげ

「要するにほとんどが水なのですから」病めば我が子はこんなに軽い

見はるかす大西洋の波静か　小さき足裏そと触れさせぬ

くうるりとりんご螺旋に剝きてをり　祖国との時差十三時間

捨てられるはずの臍の緒何となく拾ひて帰り来たりし日本

童子は祈る

チューリップいきなり散るを見し吾子がそのうちママも死ぬかと問へり

唇を合はさぬハ音となりてより母と言ふたびため息交じる

お空から降りて来てママに呑まれてと真顔で童子《どうじ》の語る来歴

山頂で童子は祈る「神様がずっと元気でありますやうに」

扉を開ける

つうの出る扉の陰に我もゐてつうの呼吸で扉を開ける

白紙片吹雪《ふぶ》く舞台に踏み出せばたちまち凍る女優の身なる

楽屋にて肩もみをればつう役の女優の肩はつうより厚い

観客の勝手気ままな好き嫌ひ女優はつうの目で聞いてゐる

ドーランを落とせばたちまち言ひよどむ
素顔の言葉見つからなくて

舞姫の役で今様舞うてきて巡業の宿に深夜
食《は》みをり

ついて出るは主役のせりふ人あらぬ開演前
の舞台に立てば

すっくりと

ほろほろと師は老い給ひその御身透けゆく
ほどの浄らかさなり

真《まこと》の花咲かせて後をうらうらと桜湯すする
師のあどけなき

弦の音に身は戦《そよ》ぎつつすっくりと闌《た》けたる
位の師が立ち姿

妹

はるかなる我の記憶の明るみの新生児室に
妹眠る

夢に見る妹はいつも幼くて後ろ向きにてバ
イオリンを弾く

国捨てて家族を捨てた妹が五グラムほどの
手紙を寄越す

矢印

辻辻にわたしのための矢印のあって行き着
く悲しみの極

渡来人の血をひく我らなるべしと祖母の語
りし母系のルーツ

大き西瓜切り分けてゐるこの夏の母にはも
はや母はあらざる

亜麻色の髪

亜麻色の髪一束《ひとつか》ね色褪せて祖父の秘めたるパリの青春

四十を過ぎてパリより戻り来し祖父とその時十九の祖母と

若かりし祖父に愛され祖父の国日本には来なかったその人

そののちの祖父は温和な父にして真面目な語学教師たりとぞ

フランス語解さぬ祖母に遺されし祖父の書棚に香るフランス

祖母がそと柩《ひつぎ》の祖父に添はせたる昔の人の亜麻色の髪

雨の短夜

それぞれに職持つ二人みどり子を真中にねぎらひ合ひつつ眠る

子を寝かせ夫を寝かせて私《わたくし》は丑三つ時に机
に向かふ

我が身もて冷えた布団を温めてやがて暖め
られて寝につく

午前四時仕事のために起き出づる　母のぬ
けがら布団に残し

夫と子の健やかな寝息聞きながら課題作文
読む午前四時

餓死よりは過労死望む我らなるや　深夜に
家事を分かち合ひつつ

過労死の恐れはむしろ君にありと言い返さ
れつ　雨の短夜

目を見開いて

幼子の羽毛のやうな頭髪を梳きて四月の園
に放てり

預けられる時に泣かないわが子にて目を見
開いてバイバイをする

ぬれぎぬを着せられしことふと洩らしきり
りと口を結べり　童子《どうじ》

初めてのデンキウナギを見る吾子のシャッ
ターを切るやうなまばたき

生みたての卵のやうにぬくもりて起き出で
し子に毛糸を着せる

赤鼻のトナカイ役をすると言ふ子の鼻チン
と冷えてゐる朝

冬空に星数へつつ子と帰る小さく短い一生《ひとよ》
の一日《ひとひ》

ふと止まり月も止まるを確かむる子には知
らさぬ人の小ささ

たっぷりと抱きてつかる夕べの湯　子は我
よりも陽に灼けてゐる

「桃太郎」の次に必ずせがまれる「ぼくの生
まれた時のお話」

形だけ我のかたへにありながら子の見る夢
は知るべうもなし

青年よ

ラマダンの青年の持つＨＢ太き芯より太きひらがな

＊ラマダンはイスラム教の断食月。

Ａランチ少し残してラマダンの青年に向かふ午後の授業は

青年の訴へ耳の冷ゆるまで聞きゐてノーと言はねばならぬ

力尽きて落ち零れゆくひとりふたり五月動詞の五段活用

学生の綻んだ顔見むとして我は拙き冗談も言ふ

青年が近付いてくる　私《わたくし》の未だ見ぬ南の潮の香がする

日本語で話さむとすれば黙《もだ》すより手立てがなくて青年の唇《くち》

青年よ君の希望を聞くために我の教へる「〜たい」の文法

留学生の答案をひたに書き急ぐ無防備な背を見守りて立つ

教員室

ウサギ語を話す新米教師来て四月の教員室
はさみどり

言葉なき目玉ばかりの学生に挨拶をする最
初の授業

作文の添削をするために買ふ初夏の涼しき
グリーンのペン

新緑の戦ぐ窓辺に席をとりホンネとタテマ
エ聞き分けてゐる

夢にだに思はぬ夢を見し朝《あした》つくづくわから
ぬわたしと思ふ

故郷《ふるさと》の訛りを持たぬ我の書く星座のやうな
アクセント表

先生と呼び合ふ声の飛び交へる部屋なり
師より遠く離れて

逆引きの辞書を開けばおびただしかなしな
つかしをかし「し」の項

祖国嫌ひ

帰国せば弾圧されむ青年の問ひを重ぬる眼《まなこ》鋭し

民主化の運動ひとたび抑へられひっそりと聞く学生の受胎

祖国嫌ひ日本嫌ひと少年は教科書開いたまま飛び出だす

汝《な》が嫌ふ祖国に母や待つらむと言へば少年なだるる気配

夢ひとつ破れし青年いたはりて語れば日本は夢多き国

ダメな奴は国へ帰せとくたびれて教師仲間も役人めける

風向きが変はればつっと傘開き次なる国へ教へに翔ばう

＊

帰国命令出されて帰る青年の自ら悼むごとき慟哭

帰国する間際の君の声残す留守番電話をもう一度聞く

規則ばかり君に聞かせし我なりき　文法・学則・在留資格

＊

進学の希望果たせず帰国するはずのあいつが逃げたＴＯＫＹＯ

泣きながら帰国を告げし青年のいつ決意せし「不法就労」

肩痩せて「不法就労」すると言ふ　物理が得意だった王威《ワンウェイ》

ぼろぼろとあの日君より零れにしものを涙と思ってゐたが

白樺の道

白樺の道辿《たど》るときさはさはと音符のやうに流れる言葉

神ひとり朝《あした》の髪を洗ひたる気配残して山のせせらぎ

ひんやりとガラス細工の白鳥の胸深くガラス職人の息

眠れない雨夜の議論出尽くして夜明け静かに家族の話

夜の雨がやがて優しき朝靄となりゆくまでを友と語りぬ

ブドウ狩りの予定流れてしまひたり　降りやめば葡萄色の夕闇

『百年未来』（抄）

Ⅰ　（一九九四〜一九九六）

くれなゐの水

ちりちりと燃ゆるがごとき志《こころざし》　傘に伝へて雪降りしきる

漆黒の土に真白《ましろ》き雪積みて　混じらねば汚《けが》れざる初一念

来《きた》るべき春の花びら染めむため枝えだ奔《はし》る
くれなゐの水

葉は散りやまず

日本語学校の教師を辞めた。

ひとつ仕事にのめり込みたる年月は誇《ほこ》らし
く時に疑《うたが》はしかり

はらはらと葉は散りやまず身は冷えて見つ
わが心《こころ》変はりゆくさま

はみ出してゆく我が心とどめ得ず恩ある人
に辞表差し出す

戦前より志《こころざし》高き教場に我も立ちしよ　頭《づ》
を下げて辞す

新宿の送別会を限《かぎ》りにて新宿行きの定期を
返す

今日われは淋しき女に見ゆるらし　警官・
駅員みな優しかり

実験農場

新しい職場は大学の農学部キャンパス。

武蔵野の雑木林に鎮《しず》もれるキャンパスに迎《むか》へられ着任す

石川不二子「農場実習」はここで生まれた。

濃き薄きみどり生《お》ひたつキャンパスに頬《ほほ》赤き歌人ありしも昔

早朝の女子学生が秋の馬励《はげ》ますやうに洗ひゐる見ゆ

動物の供養碑重《おも》き影を引く　獣医学科の校舎の裏手《うらて》

月清く静かな夜半《よは》を臨月の羊はいかなる姿勢で眠る

未生

あきらめたはずの二人目宿りたり　秘密の恋のはじまるごとし

胎の児《こ》の動きその手にさぐらせて再び親となるべき我ら

胸の奥・腹の内まで明るませ身にあかあか
と命が灯る

価値観のなべて揺らげる世紀末　子を産む
ことの是非《ぜひ》も問はるる

子生《あ》れなば白き花咲き実を結ぶ木を植《う》ゑむ
かな　我らが庭に

色白《いろじろ》の赤子《あかご》「さくら」と名付けたる夢より
覚めて春待ち遠し

＊

はりつめた会議の席に臨月の我も交《ま》じりて
どでんと座る

我は眠し　されどこの我が身《み》の内に何ぞ騒
げる未生《みしょう》の一人《ひとり》

我が身をば揺らすばかりに動くともこの手
に抱《だ》けぬうちは遠しも

豊饒の祈りの土偶の姿《すがた》得て臨月を我はゆら
ゆら歩む

誕生

わたしの肉体から　生命が離れた、わたしの血管が葡
萄圧搾桶のようにあふれた、という。
わたしは　ただ　おおきなため息をついて　胸が軽く
なるのを感じているだけ！
ガブリエラ・ミストラル「母たちのうた」より
（田村さと子訳）

罪状は記憶になくて吐けぬまま耐《た》ふるほか
なし　生《う》まるるまでを

産声《うぶごゑ》を上げしよ　あはれ満身を真っ赤に染
めて引き絞りつつ

生まれ出てまるごと真っ赤に泣く声で君が
君だとすぐにわかった

樹《き》の命たぎりて桜花《おうか》吹き出《い》づる四月の朝《あした》
男児《だんじ》誕生

今日よりはこの子の泣けば我が血潮《ちしほ》白き波
濤となりてみなぎる

ありがたう　今し開いた両の目にわたしを
清く映してくれて

みどり子を抱《いだ》きて過ごすこの春も　見やれ
ばいつのまにか葉桜《はざくら》

花暦

第二子を産み、一人っ子政策の国を思った。三年ほど前、わたしは一人っ子の長男と二人で、一年をそこに暮らしたのだった。

二人目は生まれることの許されぬ国あり
十二億の民の国

罰則のなきになにゆゑ産まぬやと我を見詰
めし顔・顔・顔

守られて祝福されて産めること　たまゆら
の我がめぐりあはせよ

木曜は中国某市の町中の二人目の芽の摘ま
るる日なり

我が身より離れし命　日々《ひび》我のかけらを排《はい》
泄《せつ》して育ちゆく

今朝《けさ》生《あ》れし子の生《い》きて生きて老いてゆく二
十一世紀も我のもの

スキャットになるまで

知るほどに分《わ》かり合《あ》へぬと知ることも重《かさ》ね
今年の雨を見てゐる

褒《ほ》め詰《なじ》り脅《おど》し慰《なぐさ》め罵《ののし》りてツーツーと鳴る未明の受話器

ふと話しかけてしまひし愚かさに星は星語で瞬《またた》くばかり

癒《いや》せるか慰《なぐさ》め得《う》るかざっくりと言葉に刺されしものを言葉で

諾《うべな》へぬ仕事すませて来《き》し苦《にが》さ銀紙に吐き捨ててしまはう

呼び出され叱られにゆく道すがらふいに演歌のひと節《ふし》降り来《く》

みどり子を抱《いだ》き取るとき融け始む　昼の大人の世界の凝《こご》り

花の能《のう》果てて現《うつつ》の帰るさに敢《あ》えなく別れし人振り返る

二人子を成しし露の間隔《へだ》て見る昔《むかし》　男《をとこ》はもとの身にして

スキャットになるまで生きてぱらぱらと言葉を払ふ秋もあれかし

仁王のごとく

子は喃語《なんご》我は拙《つたな》き日本語で原初の完璧《かんぺき》なる
会話する

兄よりも太き眉持つ次男坊今し立ちたり仁
王のごとく

桃色の餅のごときを裏となし力いっぱい立
ち上がりたり

＊

サバンナに夕焼け　我の四本の脚《あし》の間に子
獅子戯《たはむ》る

「さくら」とふ女児《じよじだ》抱く夢は日輪のごときこ
の子が蹴散らかしたり

鼻をもて撫でてやりたり我が子象立ちて草《くさ》
生《ふ》を歩み初《そ》むべし

子を産みて餌《ゑ》をやりねぐらを整へる営《いとな》みと
思へ　われ出勤す

一日《ひとひ》終へ疲れたる身は横たへて上りくる子
に尾を振りてやる

哺乳類の母なる我のこそばさは乳を吸ふ子に歯の生え初《そ》むる

獅子《しし》の子は肉をこの子は穀類を食べてこの世の世過《よす》ぎの初め

湯上がりの赤子を包む布《ぬの》持て来《こ》　萌《も》え出《い》づる春のさみどり色の

みどり子の開く掌《てのひら》　紫陽花《あぢさゐ》の若葉がほどの湿り気を帯ぶ

日本語のひとつことばを与へやる我が末の子が指差し問へば

寝入るまで耳に日本語注《そそ》げるは母がささやかなる謀《はかりごと》

*

転た寝の夢に幾たび現はるる海辺の異国風定食屋

夢の中で我が操《あやつ》りし異国語を今朝《けさ》も覚《さ》めれば忘れてしまふ

Ⅱ（一九九六年〜一九九八年）

意志をもって習得した言語は自分のものにすることができる。
しかし、母語は、自分がそれに所有されている。

日本語の滅ぶ日

日本語に関する議論の専門誌が数種ひしめいていたのだが…

『日本語』も『コトバ』も次第に薄くなり昭和十九年暮れて廃刊

昭和二十二年。最後の国定教科書。
「おはなをかざる、みんないいこ。きれいなことば、みんないいこ。なかよしこよし、みんないいこ。」

敗戦の「みんないい子」の読本に面瘦《おもや》せて立ってゐる日本語《にっぽんご》

図書館の地下二階より出てくればキャンパスに降る雨のさみどり

百年とたたぬに言葉届かざる未来の真昼に来てしまひたり

ざはざはとけやき大樹を揺らしつつコンピューターが自己増殖す

日本語の海にもろとも沈みたき我が砦《とりで》にもインターネット

安物の玩具《おもちゃ》のやうにカタカタと英語並べて返事を打ちつ

帰国する教へ子たちよ　日本語の滅ぶ日あらば我を泣くべし

（付記）一九九八年七月二九日、文化庁主催のシンポジウム「これからの日本語教育を考える」の席上でパネリストの一人であった加藤周一氏は「あと百年か二百年で日本語は滅びるだろう」と言って議論を挑発した。

百年の祭り

国歌流れ国旗が昇り勝者なる一人国家となりて目を閉《と》づ

人生の不如意不条理つきつけてしんがり走る青年がゐる

破り負かし泣かす数だけ称へられ上り詰むほかなし　覇者たちは

勝敗は剝《む》き出しになりふとさもし　プールへ子らを遊ばせに行く

ジョン・レノン「イマジン」

もし国家がなかったならと歌流れ国旗乱れて　五輪さよなら

森林学者

手探りでゆく山道の水音《みづおと》の霧降《きりふり》の滝までもう少し

六百年の樹齢数ふる木の肌に柔《やはら》かき我が体《からだ》を寄せつ

ここは山の胸元《むなもと》あたり　どうどうと脈打つごとき水流聞こゆ

植ゑられし一千の杉《すぎ》天に向き響《な》りわたる賛美歌の斉唱

光の庭へ

家族三人《みたり》寝息を立つる闇温《ぬく》し　湯に入るごとく身を沈めたり

元旦は快晴にして二人子の光鳴《な》りあひ縺《もつ》れあひつつ

さりながら真《まこと》の春はその先の空へ　梢の銀《しろがね》揺るる

富士の峰に春の風立ち雪煙立つかと見えて雲生《う》まれたり

兄優し弟逞《たくま》し暮れかかる二十世紀に我が生みし子ら

子は先に治りなほ伏す母が手を光の庭へ誘《いざな》はむとす

夕鶴記念館

かつて私は山本安英の幼い弟子で、「夕鶴」公演に参加したこともあった。

先生のゆかりの宿に「夕鶴」という名の一《ひと》間《ま》ありて静《しず》けし

先生とともにこの世を去りにけり　十九《じゅうく》・二十《はたち》の頃の私《わたくし》

私は亥年生まれ。先生は生前もよくこう言って私を笑ったものだったが…

「あんたはねえ、イノシシだから」と師が笑ふ　息《いき》せき切って来《き》し我が頭上

ウイスキー召されけり「つう」の出《で》の前に先生は白き喉《のど》見せながら

先生が我が芸名を思案して決めあぐねたる一夜もありし

かの日よりわたしはずっと本名でわたし一人を生きてきました

蕃柘榴《ばんざくろ》

一九九七年三月、日本語教育に関する調査のため台湾へ行った。

一人二人に言ひしばかりが台北の空港に新旧の教へ子

日本語を生かし台北の空港やホテルや商社でみな生きてゐる

新旧の証言揃ひあからさまになりぬ拙き我が教師歴

日本語で父と話せるやうになり父がわかってきたと陳さん

五年余り文通してゐる張媽媽《チャンママ》と初めてお目にかかる台北

＊張媽媽は「張さんのお母さん」

「最近の日本人はグアバと言ふさうだが、蕃《ばん》柘榴《ざくろ》といふ日本語がある」

親日でも抗日でもない知日家の鄭先生は日本酒が好き

「六十五歳以上の人しか分からない　日本語は消えて行く言語だよ」

その息子登場するや日本語は消えて台湾語の語気強き

散文も書けぬ言語で詩など書くなと咄嗟《とっさ》に言へればそれですんだか

角度

本務校である大学の他に日本語教師養成関係の仕事が二か所。

もし今日が休日ならば起きられぬ身をばひきずり職場へ運ぶ

四駅《よえき》しか乗らぬ車内で居眠りし起きざまホームへ転がり出《い》づる

詩

不可思議に文字を並べし「詩」を書いて初級クラスのケビンが持ち来《く》

「詩」を見せて我の感想待ってゐるケビンは無邪気か不敵か知れぬ

日本語でないことはない　詩でないと言ひ切ることはなほ難しい

さりながら文法だけは直せと言ふ意味を拒める「詩」をつきつけて

片足が地を踏む前に次の足出でて確かに職場へ向かふ

忙しさに酔うてをらぬか宵闇の駅でドリンク剤飲みながら

ついついと何が不安で引き受ける仕事の嵩《かさ》よ今日も日暮れて

逃ぐるがに駆け入りて我がドア鎖《さ》せば掛け替えのなき子らの母なり

天頂の星を見上ぐる角度にて日に幾度も子は我を見る

せがまれて子に歌ひやる「ぞうさん」の三拍子　我が心緩《ゆる》ます

仮名の世の

およそ文化は農業に似て、継承した土地を耕さなければ実らない。絶えず品種改良やそのための実験も試みられなければならない。放っておいても雑草は繁るが、それでは実りは望めない。

すっくりと立ってゐるべき一行の詩が寝そべって出るディスプレイ

古写本の源氏古今を見る如く明治の書簡を
見て読みあぐぬ

書けざりし憂鬱も顰蹙も蹂躙も打てば響く
やうに出てくる

仮名の世の夢健《すこ》やかに育《はぐく》まれ点訳本のペー
ジ純白

＊日本語点字の父、石川倉次は仮名文字論者であった。

わが好む一首を言へば書き取りし十人十色《といろ》
の文字遣ひする

家　族

「自立」など通勤かばんの中のこと　休日は
もたれあってゆらゆら

我が身より人　二人まで出できたり母よ母
よと信じてかかる

人多きこの星に我を妻となす働き者は一人
と思ふ

男児らは幼き眉をつり上げて何故《なにゆゑ》好む「戦
いごっこ」

産まぬ性に生まれついたる二人子は火より水、土より宙《そら》を恋ふ

遠ざかる方へ方へと子は誘《さそ》ふ　どこまでもついていってみようか

三歳の見つけた細道ぬけきれば小川あらはれ水ながれだす

風の中鳩《はと》追ふ吾子《あこ》のふと青くそこまで空が降り来たるらし

Ⅲ（一九九八年〜一九九九年）

補　色

飛び上がりざまに翼を切られたり　緑の森の底深きかな

風切って歩むほかなきま昼間を　もがれし翼の付け根が痛む

眩しさにふと目を閉ぢし一瞬をかすめて過ぎし刃《やいば》なるべし

裏返せば真っ赤にしたたる我ならむ　若葉萌えたつ樹海に入る

緑と赤は補《おぎな》ひ合ふと教へくれし美術教師に自刃《じじん》の噂

議事録

口外のならぬ二三を含められ化粧濃き上司の部屋を辞す

炎天下辿りつきたるドアの中紳士多くて冷え切ってゐる

冷房の部屋に閉じこめられてゐて流したき汗身の内にある

言はんとし息を吸ひては呑みこんで会議果つるころ身は浮き始む

会議場を出づれば亜熱帯の森　水の香へ向く鼻に従ふ

思ひ出

思ひ出の紅葉《もみぢ》する日はいつならむ　なほ青く我に木洩《こも》れ陽こぼす

ことさらに疲れきったる深更に思ひ出話をして訝《いぶか》らる

戯《たはむ》れに死後の決意を子に語る「きっと出てきて助けてあげる」

アラビアの文字

「国へ帰ったら、日本語は使わない」と青年は言い、学業半ばで帰国した。そっと積み木を積むように毎日積み上げた彼の日本語。やっと会話が交わせるようになって喜んでいたのは私だけだったのだろう。

灼熱の国へ発つ人　砂ならぬ日本の言葉を払ひ落として

ためらはず戦《いくさ》くすぶる地へ帰る　瞳《ひとみ》に炎の色を沈めて

どちらにも言い分ありと帰る地の戦《いくさ》を語り無防備ならず

戦争はしないと誓ふ国よりも砂漠は深く安
らぐと言ふ

我の名を書かむとしその「ゆ」の音に近き
アラビア文字思案する

ペン先で左へ螺旋を描くやうにあなたはわ
たしの名前を書いた

アラビア文字は右から左へ横書きにする。

ふっつりとわたしもろともこの国を見捨つ
るやうに飛びたちて消ゆ

その人の生まれ死ぬべき砂の国　我には死
後の国より遠い

狼

名刺には狼のシルエットが印刷されていた。日本オオカミ協会会長M氏。二十世紀初めに狼の絶滅した日本に、狼を復活させるのが当面の目標なのだという。

夕されば　狼《おほかみ》吠ゆる深山路《みやまじ》に手のひら程の楓《かへで》散るなり
正岡子規

狼《おほかみ》の声ものすごき山のはにさえこそのぼれ冬のよの月
樋口一葉

一葉も子規も聴きしよ　太古より棲み古り
し森の狼の声

ポーランドの森に暮らせるオオカミの話
スライド見ながら聞きぬ

オオカミの命の飛沫《しぶき》　燃えさかるシカの命
の炎を襲ふ

吐き戻し子に与へやる塊《かたまり》は今し奪ひし獣《けもの》の命

狼になりたき夜《よ》あり　月光の森駆け抜けて会ひにゆきたし

オオカミに心寄せれば「三匹の子豚」も「赤頭巾ちゃん」も悔《くや》しき

裏切りはかつて真神《まかみ》と崇《あが》めしを最後の一匹まで死なしめし

オオカミの絶えて天下に恐れなきシカがこの森食《く》ひ尽くさむとす

海の弾力

砂浜に来てしまひたり　きっぱりと思い切るべきことひとつある

見回せば我が立つ浜に向く宿のあまたの窓に見られてゐたり

人思ふ椿紅《くれなゐ》　春闌けて極まれば闇の色に近づく

去らしめし人の最後のまなざしに濡れながら我に帰る家ある

青空へ――一九九九年春　再び台湾

康熙字典体犇めいて台北《タイペイ》は店も住居も車も
多し

檳榔樹林。盗難防止に犬が放たれている。

日本語は雲散霧消の青空へ放っておいても
育つ檳榔《びんろう》

（檳榔はヤシ科。直径十センチほどの幹がまっすぐ十五メートルほどに伸びる。実に石灰を入れて口中清涼剤として嚙む習慣がある。）

短歌の好きな陳さん。

静かなる湖さながらわが恋は浪立たずして半世紀経る　陳雪子

本当は嘘なのこんな恋なんて　日本語の短《う》
歌《た》の中だけのこと

局地的豪雨のやうな日本語に濡れてゐるの
か涙か知れず

不意の雨に芯まで濡れる心地よさ　国家語
ならぬ母語こそが欲し

陳さんも我も汗かく肉体の日本語潤すため
水を飲む

台湾には九の異なる文化を持つ先住民族がいる。

アミ族の山の茶店で憩ふ間も日本の演歌は
流れてゐたり

日本語で歌ひ明かさむ一晩を抜け出して独
り来し高尾港

日本時代には高雄神社のあった丘。

赤い鳥居が股を広げてゐたと聞く　貿易港
をみはるかす丘

わくらばに問ふ人あらば須磨の浦にもしほたれつ侘ぶ
と答へよ　在原行平

日本《にっぽん》の流離の古歌のなぜ過《よ》ぎる　南シナ海
までやって来て

日本語の普《あまね》く通ずる世の夢の　夢を頼みし
魂いくつ

みんなみの海に向かって佇めば体温で我を
撫でてゆく風

身体

「ここか」とぞ触れられ「そこ」と答へつつ
ほぐしてもらふわたしの背中

南《みんなみ》の海の深みが身の内にありて時折り魚《うを》な
ど宿る

さっぱりと皮膚は夕べの湯を弾き溶け出し
さうな我を立たしむ

消えてゆくべきもろもろに覆はれて我が骨
はあり　緑陰を行く

羽の痕

あの小さき羽もつ者が我が子なる証《あかし》　我にもある羽の痕《あと》

空いっぱいに広がる夏の銀杏樹の下にみどりの髪した我が子

緑には戻れぬ我は銀杏樹に請うて我が子を返してもらふ

翌日、小樽へ出張。

真昼間を飛び発ちてより私《わたくし》は軽くなり薄くなり透けてゆく

夢に見た四人家族があることも眼下の雲の下のできごと

降り立ちし地上は北の海辺にて我は天涯孤独のごとし

子馬のごとく

合宿の三日がほどを少年は真っ赤に灼けてきて黙りこむ

その先は言はぬ決意で目をあげた十三歳の肩の鋭さ

少年を力づけむと出過ぎたるこころ　ことばとはぐれてしまふ

窓をしめれば夕陽は部屋に満ちてゐて我ら言葉を忘れてゐたり

光濃きかなたより呼ぶ少年の母が我なることこそ不思議

生まれたての子馬のごとく少年は立ち上がる　月の水澄む良夜

『魔法学校』（抄）

I（一九九九～二〇〇一）

未完成

学生のオーケストラのもぎたての「未完成」果汁したたるばかり

＊シューベルト　交響曲第七番ロ短調

演奏会用の黒衣《こくい》に身をつつみ目をふせてチェロを抱く女学生

二〇〇〇年まであと六日　永遠に未完成なる幸《さいは》ひを聴く

オーボエを弦楽が追ふフレーズのやがて絡み合ひ溶けあひぬ

華やかなファンファーレ今吹き終へてトロンボーンより離す唇

楽曲は否応もなく盛り上がりフィナーレの鳴り響く年末

ミレニアム

「二〇〇〇年のわたし」に夢を綴《つづ》りしは少女期　四半世紀の昔

二〇〇〇年は必ず来ると思ひゐき　必ずかなふ夢と思ひき

西暦がぐるりと地球を制覇して順々に明けてゆく二〇〇〇年

元日の辛夷《こぶし》の大樹が鈍色《にびいろ》の枝えだに銀の花《はな》芽《め》を掲ぐ

空色

空《むな》しき色と書くこの春の色合ひの夢のひとつが徒労に終はる

その父と頭《あたま》の形よく似るを撫でてゐるうち寝てしまひたり

鰓《えら》呼吸して水底《みなそこ》にひそみたき午後なり　天も風も水色

先例のなきことをまた我はして規則の束《たば》繰る傍《かたは》らに立つ

エーゲ海より来し画学生ニッポンの空は白濁してゐると言ふ

言ひたくて言ってはならぬことあれば蛍袋《ほたるぶくろ》は夜、発光す

アフリカ系日本人として新しく創《はじ》めむとする「夢作《むさ》」といふ姓

タイ文字はわからないからカタカナでばあちゃんに書いたタイ語の手紙

留守番の父

放たれてピアノ・水泳・コーラスと母は日中たいてい不在

夢いくつ諦め我と妹を育てしならむ　老いて忙し

ジャパニーズビジネスマンを終へて父　四十坪の農園主なり

気まぐれに寄らむとすれば母をらず専《もっぱ》ら父の一人待つ家

野菜らが畑ですんすん育つゆゑ旅に出られず父留守番す

寝不足の我はふらふら父を訪《と》ひ心配されて帰ってきたり

森の時間

「熱の島《ヒートアイランド》」より漕ぎ出《い》でて一時間　奥多摩は水の中の涼しさ

ほの暗き真夏の森に水晶のレンゲショウマが涼しく開く

はるかなる幼き日々の思ひ出のシーンの母のやうに我あり

今朝までの汗にまみれた我《わ》が夏をさっぱり流す森の民宿

雪だるま

朝のドア開ければ外は雪国で子らは翼を広げ歓喜す

雪玉とともに投げ合ふ二人子の声の一つが泣いて戻り来《く》

顔面に雪当てられて戻りしがぬぐひてやればまた飛び出だす

碧く澄む十メートルの水深を幾層に行き交ふ魚身見ゆ

子猫の眼

雨の中大樹は芯より目を覚まし昔持ちゐし自由を思ふ

兄十五　天体観測合宿より帰る連休二日目の朝

波の音

留学生の研修旅行、引率

大浴場はいやだと言ひて目を伏せる「ほほゑみの国」より来た女学生

＊タイは「微笑みの国」と言われる

星の降る露天風呂より引き上げし身はまろやかな湯をしたたらす

次々と入りくる若きらの裸身眩しくて痛々しくて目を伏す

あけぼのの浜に寄す波二百まで数へて今日の仕事にもどる

降るやうな星空だったと目に星の輝き宿したまま帰りくる

初めての徹夜合宿終へて来て楽しかったと嗄《か》れ声で言ふ

水色に晴れた五月の空の下五歳の吾子とその友だちと

おたまじゃくし掬《すく》はむと川に入《い》りし子の小猫のやうな眼《まなこ》の光

次々におたまじゃくしを五匹まで掬ひし兄を弟は仰ぐ

新緑の日本各地に輝いた子ら引き揚げて連休終はる

黒姫伝説

深き底に渓流奔《はし》りその遥か上空に虹のごとき吊り橋

龍の身に戻らば軽々越えられる谷なれど人の姿の今は

人恋うて人の姿になりしゆゑ渡れぬ谷の断崖に立つ

若き日は戯れに火など吐きながら龍身ひらりと谷越えにけり

龍の身に戻らぬ決意で人恋うて試練の吊り橋渡らむとする

ただ一つの命を賭けて橋渡る　我《わ》が恋ふ「人」とはかかる生き物

二本もて直立してゐるその足のひと足づつに吊り橋揺るる

本性は見せじ　吊り橋断たれなば人の姿のままにて死なむ

吊り橋を断たれて谷へ落ちる時こころ滾《たぎ》れば龍に戻れり

II　（二〇〇一〜二〇〇四）

救急車

二〇〇一年初夏。いつものように職場からもどったわたしは、何かに殴られたかのように倒れた。

上空より強き光のごときものわたしの頭《あたま》をめがけて射抜く

胃袋を逆さに振ってからっぽの体《からだ》に海の潮満ちてくる

体が全く動かない

体から抜け出しさうなわたしごと救急隊に担がれてゐた

「間に合はないかもしれない」といふ声

「急がなきゃだめだ」と険しき声浴びて救急車に差し込まれてゐた

大鯨《くぢら》に呑まれたやうに薄暗くぬるい救急車の腹の中

こんな死に方があったなんて

ぐったりと閉ぢた瞼の内側のわれにもう一度見たき夢あり

幼時より思ひ出ぱらぱら現るる　何歳まで生きたのか　わたしは

終わりが来たと思った。

さっきまですべては光の中だった　超音速で遠のいてゆく

静かな病室

魑《ち》魅魍魎《みもうりょう》解き放たれてゐる世より救急車にて匿《かくま》はれたり

梅雨の晴れ間の青より病気が降ってきて与へられたり　眠りの時間

幼時の夢　幼き我をとり囲むもう連絡のつかぬ人々

泳がねばならぬ真昼の夢の中　息継ぎがうまくできず喘《あへ》げり

頭の中は遥かに続く雪道で降りやまぬ雪の重さ冷たさ

大切な幾人《いくたり》過酷な世に残し一人静かな病室にゐる

要するに過労だと言ふ　それほどの仕事なのかと問はれて黙《もだ》す

「心配の種」が今度は入院で古稀近き父と母に見舞はる

冴えざえと

家族四人ゲームにのめりこむ部屋の東の窓
から明ける新年

負けさうになると泣く子を結局は勝たせて
つつがなき家族なり

東京の隅の我《わ》が家の西の方　真白き富士が
冴えざえとある

区画整理予定地空き家が増えてきて捨て猫
と幽霊がひそむよ

廃屋《はいおく》に或る日貼り紙現れて「捨て猫に餌を
やるべからず」

整体師

我《わ》がものと思ってきたがこの体《からだ》　我に愛想
を尽かしもするか

魚河岸の鮪《まぐろ》のやうに横たはる我を解凍する
整体師

全身が凍ってゐると整体師　わが身に湯をば注がむとする

冷凍による仮死なれば温かな水に放てば泳ぎだすはず

冷凍は解けたと言はれそろそろとまず尾びれから動かしてみる

身の癒《い》えて心目覚めぬ　アクリルの水槽にはもう戻らぬ決意

ペルセウス座流星群

二〇〇二年八月一二日夜

流星の夜をねらってこの夏の家族四人の奥多摩旅行

流星を見つけるたびに声たてる七歳　初めての夏休み

幼子がうわっと抱きかかぶさってくる暑さ冷房の部屋を出《い》づれば

ふと空へ吸い込まれるのが心配な天体好きの十五歳なり

エスカレーターすれ違ふやうに少年が母の
背丈を越えたひと夏

蟬の声天の高みにゆっくりと吸ひ込まれゆ
き秋がはじまる

初夏のジャケット

母の日

デパートを三つめぐりてあれこれと母に羽
織らす初夏のジャケット

よく似合ふと思ふピンクも花柄も「華やか
すぎる」と母に拒まる

それならとショーケースより無地ベージュ
出してもらへば「つまらない」とぞ

年だから白を着るのはやめたと言ふ母に信
ずるところあるらし

それではと黒のレースのジャケットを母に
当てれば黙ってしまふ

涼しげに透けるクリームイエローに母の日
の母やっとうなづく

魔法学校

学位論文執筆

夫と子の笑ひ声するこの除夜を我《わ》が煩悩の
文字打ちて越す

正月が来た　子の誘ふすごろくに寝不足の
まま加はり笑ふ

終章と謝辞書き終へてしらじらと一月三日
は雪の朝なり

雪の朝　七歳の子と約束の映画の魔法学校
にゆく

スクリーンに見入る七歳巨大なる蛇に襲は
れ手に汗にぎる

映画館出てくれば雪　新春の赤い福袋の似
合ふ街

農場散歩

農場のあるキャンパスを職場とし稀に我《わ》が
する農場散歩

締め切りが落花のごとく重なって春小走りでキャンパスをゆく

茶畑にモンシロチョウがもつれとび梅雨の晴れ間の空気が震ふ

水面より伸びてすっくり天を指しつぼみ掲げてゐる古代ハス

コスモスの苗と空とが引き合へば空が強くてコスモス伸びる

太陽だけを信じればよくキャンパスの喧騒に眼を閉ぢる日時計

さみどりのキャンパスに咲きあふれ出す学生たちの初夏の装ひ

学生も教師もぐっと落ち着いて講義佳境に入る六月

採用通知

胸深く差し込むことばに一心に答へし後の採用通知

巨大な手が裂けた空から下りてきて我を卵と決めて摑《つか》めり

転校を重ねた子供の頃のこと　職場を移るとき思ひ出す

階段を避けてスロープ選びたり上ってゐるのか下《くだ》りか知れず

浅川越えて

九十九年生きて博学なる祖母の寡黙よ　音もなく死に給ふ

その前夜白寿の祖母は箸を置き湯浴みを終へて眠りたるとぞ

曾祖母の大往生に畏《かしこ》まり子ら初めての葬儀に列す

晩秋の光さらさら煌《きら》めける浅川越えて祖母焼きにゆく

初空は青く初日《はつひ》はやはらかく富士の嶺《ね》ずんと近づいて見ゆ

バンコク行きＪＡＬ７１７

戦中の秘話をわたしに語らうといふ人がゐるバンコクへ飛ぶ

富士の嶺《ね》に黒き穴ある現実を見せてあっさり日本を離る

早春を発った飛行機バンコクに降りて真夏の扉を開く

＊

思ひ出をたどる目をして見られたり　六十年ぶりの日本人われ

胸元《むなもと》で手のひら合はす挨拶のあとに聞き出す昔の話

疑問符

疑問符の弾《はじ》けるやうに生まれ来てこの世の
謎をきらきらと問ふ

金魚にも自殺ありやと子が問へり　自ら水
槽飛び出《い》でて果つ

突然に死んだ金魚の墓の上いっぱいに罌粟
の種を蒔く子よ

ママと呼ぶボーイソプラノ　刻々と逃げゆ
くものの体温を抱く

帰るなり部屋にこもって泣いてゐる耐へる
べし耐へる力持つべし

悪いのはピアノではなくその指だ　いきな
り両手で始めた君だ

子はときに我にわからぬことも言ひ遠くへ
行かうとしたりもするが

二〇〇四年十月三十一日　イラクで人質の香田さん、
遺体で発見

人質の青年　頭を疑問符の形に垂れて殺さ
れたのか

未来ひとつ惨殺されて暗闇に滝のごときが
轟々《ごうごう》と鳴る

Ⅲ　（二〇〇五～二〇〇七）

弥生の雪

忘れかけてゐた痛みなり　しんしんと今朝
春の雪となりて積もれる

振り向けば我の描き足跡《あしあと》が弥生の雪に点々
とある

ある朝ほろりと枝から落ちる青き実のこの
子がピアノをやめたいと言ふ

将棋盤はさんで見合ふ兄、弟　わが死後を
ふとのぞく心地《ここち》す

我がちから及ばむかぎり子の夢はかなへて
やらむ　甘えびを買ふ

ひいばあちゃん

転勤族の子にて方々めぐり来し我にうれし
き夫《をっと》の在所

夫には我が幻のふるさともふるさとのおばあちゃんも健在

小学校は四つも行った　そのたびに友達は変はるものと思った

転校生として生ひ立ちし心根《こころね》のぬきさしならぬ我かもしれず

ひいばあちゃんといふありがたくあたたかき人待つ家へ子を連れてゆく

ドクダミ

草引きを怠りし我《わ》が六月の庭　ドクダミの花ほしいまま

原因はわが子なりけり　ひと晩をかけてぐさりと得心したり

消炎の生薬ときくドクダミを引き抜き引き抜き心鎮まれ

言ひ訳はうそだったと泣く十歳の暁闇《あかつきやみ》の「本当のこと」

子の嘘もうかつに信じその子らの見たことされたこと知らざりき

ドクダミを引き抜いた指洗っても洗っても生臭きこの指

あこがれの門

学園祭なれば笑顔で迎へられやすやすくぐるあこがれの門

思ひひとつ定めて帰る少年のきらきらとしてことば少なし

眠る子のまこと妙《たへ》なる造形の目と目、鼻と口のバランス

可能性ふつふつ滾《たぎ》る少年の母がこの我なること如何に

地球儀のジグソーパズル　ただ青い海のピースが山ほど残る

重き花首

澄み切った雪の朝《あした》を立ちつくし椿があかく
花々ともす

動かねば生きてゆかれぬ生き物を憐みなが
ら見てゐる木々か

知りすぎた椿なるべし　沈黙をこらへて重
き花首落とす

はらはらと散るは山茶花　花のまま落つる
は椿　最期がちがふ

呉音の故郷

禅のふるさとだと藩先生が教えてくれた。

仏教語に多い呉音の故郷《ふるさと》の水面《みなも》に浮かんで
消える〈わび〉〈さび〉

黒屋根に白壁《しらかべ》続く街並みの蘇州の決まりは
ホテルも守る

美しき水の都の蘇州にも工業地区あり日本
語のあり

昔むかし覚えたはずの詩のやうな蘇州の池
に映る白梅《しらうめ》

冥王星

厚紙とはさみとのりを与へたり　この子の夏の養分として

不思議だとともに見てきたからくりをみるみるうちに作るかこの子

夏休みは学校の代りに義母のもとへ通った

日中を祖母のもとにて過ごす子の夏のパワーに磨きがかかる

あの春の日わが身軋《きし》ませ生まれ出て以来ひとつの天体である

母とゐて父似かと問はれ　父とゐて母似ならむと言はるるらしき

宿題はおいて誰にも言はれない何かに没入してゐるところ

親としては宿題のことも気になるが言って詮なきことは言ふまじ

一人違って変なヤツだと言ふ方が間違ってゐたんだね　冥王星

＊国際天文学連合は、二〇〇六年八月二十四日午後、冥王星を惑星から外す案を可決した。

清らかに

二〇〇六年晩秋　恩師、木下順二先生逝く

晩秋の光に満ちた青空をその日テラスに出て見上げたり

西方より生ぬるき風わが頬を撫でて過《よ》ぎりぬ　師の逝きし秋

金色の銀杏最後のひと葉まで散るなり　この世のことはりとして

清らかに冴えた月夜の湖のごとき目で見るわが師なりけり

もうどこにもゐなくていつでも現れて語りかけやすくなった先生

飛び梅

子の願ひ切なるゆゑに出張の足を伸ばして大宰府に来つ

参道に焼きたて梅が枝餅を買ふ　食べそびれたるお昼の代り

厳寒の白き真昼を立ち尽くす梅の金釘《かなくぎ》流の黒枝

信心といふにあらねど手を合はせ我《わ》がばらばらの心を正す

もうすぐ咲く必ず咲くと仰ぎ見る　大宰府天満宮の飛び梅

千年を経《ふ》るとも春は年々に新しき花の芽をふくらます

私たちと働きませんかと香ばしき看板出さる　春のパン屋に

歌作る人は多くて作らぬ人もっと多くて桜満開

判　決

通訳の卵率《ひき》ゐて傍聴す　通訳つきの審理・判決

法廷に一期一会の目を合はす　通訳と同胞の被告と

青年へ下《くだ》る判決　通訳が黄河の南のことばで運ぶ

犯行は片言《かたこと》なりき　法廷に通訳のなめらかな抑揚

日本語と母国のことばで告げられる判決を聞く清潔なシャツ

ゆかりなき男なりしがすぐそばで君の判決聞き届けたり

秘伝の口上

亡き師・山本安英に教わった「外郎売」を、四半世紀ぶりに披露する機会があった。

我《わ》が舌があれよあれよと思ひ出す　秘伝の「外郎売《ういろううり》」の口上

母親になりたき我に母親にならぬ覚悟を語りたまひき

がむしゃらに「働く母」を生き来しは我《わ》が贖罪の形と思ふ

憧れの勝《まさ》りてかの日選びたる「働く母」を生きて　悔いなし

飼育委員

年々に小学校は縮みゆき六年生の手足はみだす

飼育委員の子が労役の賜物といふ鳥小屋の砂を見に行く

「ただいま」といふ声この頃落ち着いて　この子にも忍び寄る変声期

『夜桜気質』（抄）

第一部　二〇〇八年五月〜二〇一一年二月

雨に咲く花

もう引いたこないだ引いたと言ううちにドクダミ巻き返して花盛り

ハート型のみどりに十字の花白く「毒」を名に負う強さ気高さ

病みて我があきらめし夢呼び戻すようにすっくと立つ花菖蒲

たぬき公園

秋祭り　近所の子ダヌキ具を刻み焼きそばを焼く綿あめ作る

盆踊りの人の輪二重三重になってくる頃タヌキも混じる

その昔神社の境内なりしという通称たぬき公園縁起

たぬき公園裏の陶芸教室の先生ふいに消えて戻らず

公園の住宅地化に抗議する元タヌキなる住民我ら

*

もうわたし死ぬんじゃないかと霜月の夏蜜柑の実が青ざめて言う

「わからぬ」と低き声あり　見渡せば秋の夕日に染まる桜木

近くて遠い

乳白色の湯の上雪が降り来たり　あとの三《み》人《たり》は男湯にいる

二人とも大きくなって四月より「大人四人」の家族となりぬ

その細き枝先までは生きていてその先は空近くて遠い

婚姻色の魚類のごとき華やぎを帯びて青年聖夜を急ぐ

病みてより短歌に親しむ人と会い病みて短歌をやめし人思う

行けないと電話があって昼下がりひらりと自由が与えられたり

留守番上手

二〇〇九年二月、フランス・パリへ出張。

古き良きパリの地下鉄手動なるドア開けそびれ降りそこないつ

留守宅に家事も子どもも置いてきた出張の夜はぐっすり眠る

留守番をするのも留守番させるのも二晩がほどは朗らかである

留守宅に送ったパリの絵葉書を郵便受けより我が受け取る

銀婚式の我らそのうち一年は一人留守番していた夫

それぞれに留守がちの四人家族にてときたま揃うときの幸せ

桜前線

合格者のみの集える華やぎをそっと見ていて桜散り初む

この宵の桜吹雪に交じれるは誰《た》が失いし「仕事」「肩書き」

大不況の桜前線　今日もまた公募見合わすとの知らせあり

怯えるような脅かすような目の色を残し無言のまま去りゆけり

不発弾のごとき若者　いつ誰の埋めし思いか眼に宿る

学びたい心は人の自由への欲求と師は言えり　我も言う

なぜ目を閉じる

一九六一年、多摩の森に乗り物遊園地として生まれた「多摩テック」が、二〇〇九年九月三十日をもって閉鎖。

遊園地の閉鎖決定　理不尽な安楽死宣告聞くごとく聞く

朝夕の窓から見える観覧車あって我が家と思っていたが

鉄骨の大観覧車　七色のゴンドラ抱いてなぜ目を閉じる

来場者減っていたこと知らざりき　川を隔てて見ていた我は

身長が足りず乗れなかった思い出のあれに
乗るぞと次男が走る

帰りのかばん

役職をひとつ受ければぞろぞろと小芋のよ
うな仕事が増える

九時に帰宅すると約束したことを九時の職
場で思い出したり

あとは帰ってやろうとあれこれ持ち出して
肩にめりこむ帰りのかばん

会議ごとに異なる部屋を移動して日暮れて
のどの渇きに気付く

眉間の湖

湖に映してみたる我が顔の左右ゆらりとず
れているなり

我が眉は左右の高さが違うとぞ　鏡に然り
　気付かざりけり

左眉の下抜き上を描き足して生来のずれを
ひとつ誤魔化す

夜の会議

定足数やっと満たした日暮れどき過ぎてぞ
わぞわ集まってくる

生臭き夜風会議に忍び込み議長の口が耳ま
で裂ける

発言をせむとマイクを引き寄せる人の目鼻
がつるりと失せた

口のあるはずのあたりに小波がたち言いた
くて言えない何か

黒髪に細き黒蛇ひそませて蛇に発言させて
いる人

暖房を強め会議はにおうなり　我らの腹は
清らかならず

由緒正しき古刹の鐘の鳴るごとき声にて
「全会一致」となりぬ

眼鏡の時間

二〇〇九年、中島敦生誕百年

眼鏡かければ時間はひゅんと集まってわが
一日が流れ始める

卓上の原稿用紙に書きかけの時間を止めて
眼鏡は置かる

時間ふと忘れ外出したっきり戻ってこない
作家の眼鏡

眼鏡外せば灯りがぼわんと膨らんで夜景華
やぐ時間となりぬ

ハスキーボイス

パンのごと我が膨らみしことありき　パン
の子ポンと生まれて来たり

花曇り朧につづく花の道果てて濃いめのコーヒーが欲し

生涯の伴侶と決めた人ありて電話の長い長男の夏

母よりも早く大人になるような長男てきぱき引っ越しをする

星好きの子の連れあいも星好きで南の国へ星を見にゆく

夏の海

二〇一〇年夏、「瀬戸内国際芸術祭」の会期に合わせて、小学生のころ三年半ほどを過ごした直島を再訪した。小学校の同級生たち。

眠っていた映写機が古い8ミリを回し始めたような再会

モノクロの動画のピントが合ってきて夜更けちらちら色づいてくる

意見分かれし古き校舎の配列は写真を見ても決着つかず

会果てれば夏の夜の海　散り散りの人生航路の続きにもどる

靄のごとく

子らの世代の学生集う夏合宿　靄のごとくあれ教師の我は

若きらに議論任せて聞きおれば徐々に開いてくるみなの口

議論よくわからずなれば我が頭上《こうべ》げて議論の整理するなり

奥多摩の合宿所にて十七名発表終えたり台風一過

社外秘

親を亡くした友の幾人はらはらと喪中欠礼通知のはがき

抱きしめて育てし我が子生い立ちて何に勤しむ「社外秘」と言う

名付けてより幾たび書きし長男の名を年賀状の表に記す

空　席

「反戦」に触れれば龍の子質問す　自由のた
めの戦い如何に

しっぽ切りの技など蜥蜴の我が言えば龍の
子ら青き眉ひそめたり

あの六月《天安門事件》眦《まなじり》決して龍の子ら抗議にゆける背
を我が見たり

切れやすく再生しやすき尾の力試したるこ
となし　なくてよし

零八《リンパー》憲章もて凛としてドラゴンの逆鱗に触
れし人　獄にあり

中国の政治・社会体制について、人権状況の改善などを求めた宣言文。二〇〇八年十二月九日に中国の作家劉暁波ら三〇三名が連名でインターネット上で発表した。

言論の自由求めて呑むならば呑めと呑まれ
てその腹の中

大き写真の前の空席　平和賞の証書とメダ
ルは授けられたり

服役中の劉暁波は二〇一〇年にノーベル平和賞を受賞し、中国在住の中国人として初のノーベル賞受賞者となった

第二部　二〇一一年三月—二〇一五年四月

東日本大震災

二〇一一年三月十一日、東北地方太平洋沖地震とそれに伴って発生した津波は未曾有の大惨事を引き起こした。その揺れは東京西部の私の職場にも及んだ。この地震によって福島第一原子力発電所事故が起きた。

七階の研究室は高波に浮く船室のごと揺られたり

本棚より両手両足広げたるさまにて本が落ち重なれり

わけもなく涙が溢れてくるという女子学生より休学届

入学の祝辞の前に被災地へみなで黙禱する新年度

海底の家

美しく青き海なりにんげんをあまた攫ひてかき消し静か

海底に障子の破れたお茶の間のありて深海魚らが行き交う

龍宮と見まがう深き海底の家に幼き子らの声する

耐えに耐え押し殺された鬱憤が爆発したか　その日の太郎

原発にかくも頼りて煌々たる明るさにいた日々を悲しめ

節電の夏

忽然と電力不足の日々来たり「例年どおり」が幻となる

伝説の古都のようなり　電灯を三割消した商店街は

火山灰のごと降ってくる指示・注意　非常時なれば対応大事

節電の実践として電灯を消して窓辺にパソコン移す

レクイエム

震災後、節電のため夏期休暇が例年より長かった。シカゴに住む妹を訪ねた。

節電と酷暑の夏を七日だけ抜けだして来しミシガン湖畔

妹はシカゴでバイオリンを弾いている。

芝生席のすみまでおよそ一万人飲食しながら待つ音楽会

音楽でシカゴで暮らして十八年　妹の英語聴き取り難し

煌めけるシカゴの夜をふくらます野外オーケストラの音響

不夜城のサイレン音も呑みこんで荘厳なりヴェルディのレクイエム

眠りの淵へ

週末を働きやっと得た休暇　家族送れば朝から眠い

野の穴を一気に地球の中心へ吸わるるごとく眠りの淵へ

誰だとかここがどことかいつだとか全部忘れて眠り貪る

ふと醒めて即刻我にかえりたり　やらねばならぬことのあるなり

腹ふくるる病

気付いたこと分かったことの九割は腹に収めて熟成させせむ

香港の由緒正しき薬膳を口は喜び腹は訝る

呑みこんだ言葉と謎の薬膳が出会いて不穏なり胃のあたり

体内より妙なる混声四部合唱鳴りだしてのち激痛の湧く

紐のような四肢ぶらさげて球体のからだより呻き声など漏れ来

風船のごときからだを病院へ運べば医師は何食わぬ顔

夜桜気質

珊瑚色に桜灯りて一面の夜空は深海のごとき静けさ

照らさるるは本意ならねどかの人の待ち望むなら光って見せむ

照明を浴びてぼうっと浮かびつつ身じろぎもせぬ夜桜気質《よざくらかたぎ》

優雅なる螺旋

茄子紺の茎に同系色の花　実る前から気高さ香る

はつ夏の窓へと渡すグリーンのネット緑のカーテンとなれ

目隠しの鬼の伸ばせる両腕の胡瓜の蔓がネットを探す

老い父の心づくしの石灰を吸ってすらりと綺麗な胡瓜

はつ夏の胡瓜捥ぎつつ老い母は聞いた病名
忘れたと言う

菜園に花の終わりし菜の花ともろともに腰
の抜けたと父は

五十年余り心配かけてきた我《われ》が「保証人」
となりたり　父の

鮮やかな花柄にこころ惹かるるは何踏み外
す一歩か知れず

短歌と私

「短歌研究」二〇一二年十一月　八十周年記念号へ

もやもやと匂うこの身を裏返し洗って夏の
日に干す心

天近き花を採らむと登り来て息を切らして
仰げる心

溜めこんだ泥を掬いて流水に晒し砂金を選
り出す心

身の内に魚のごとき大小の泳げる位置を数
うる心

この今の遠き銃声火の匂い耳を澄まして嗅ぎとる心

身に浴びた鋭きものをひとつずつ抜いて遠くへ放てる心

この世では会えないはずの人の声ふいに聞こえて振り向く心

いにしえよりこの道を行く人の数限りもなきに傾く心

マリヤンを訪ねて――パラオ　二〇一二夏

七十年前中島敦の肉体を灼いたパラオの太陽を浴ぶ

日本時代の地図にある道今はなく南の国の花咲くばかり

パイナップル畑も缶詰工場も緑に沈む日本《にっぽん》時代

トロッコのレール延々　日本人がかつて拓きしアルミの山に

絶え間なく果物実るこの国の悩みは不労と肥満の増加

果物だけを食べて育った蝙蝠の甘い香りのスープいただく

文化祭

親の丈超えたからだに何ものか煮えて時折り酸っぱく匂う

仲間割れしそうになったことなども笑いとばしてコント本番

子の仲間十人余り入れ替わり立ち替わり出てコントを演ず

同じネタのダブルキャストの酷薄は受け組と受けぬ組の有意差

金曜はまだまだ土曜はまあまあで日曜感服
文化祭果つ

謎々の答のように

老境がいつまで待っても来ぬという九十歳
の先生囲む

九十歳の先生今も月三回数学塾で教鞭をと
る

様々な三十年を思いあい仕事に触れず子ど
もに触れず

げっそりと老けて縮んだともだちが口を開
けば昔のままだ

同級生初老を迎え謎々の答のように近況明
かす

あの時の先生の意図知りたいと九十翁にみ
なで詰め寄る

鬼怒鳴門《キーン・ドナルド》

二〇一二年二月二十九日、初めてドナルド・キーン先
生にお会いする。

日本間にすっとおさまるたたずまい　九谷
の茶碗を両手で持って

鬼怒川と阿波の鳴門の水しぶき鬼怒鳴門《キーン・ドナルド》異界へ通ず

文豪も魑魅魍魎《ちみもうりょう》も手懐《てなず》けて柔和なれども尋常ならず

「使命」

三育学院大学図書館へ。「使命」は、ＳＤＡ教会の機関誌。

百年前より続く「使命」という冊子見むと片道四時間かけて

人里を離れた丘の学園は看護と神学修むるところ

礼拝堂の脇の図書館涼しくて静かに動く司書の指先

神の与え給いし糧は穀類と果実と野菜　祈りて食す

「使命」には我が宿年の謎を解く記事累々とありて眩めり

質　問

真夏日の編集室に涼風のように舞い込みたる「質問状」

箇条書きの質問五つの行間にちらちらちら見ゆるは怒りならずや

質問は受け付けるなと「会長」の男おどおど目を泳がせて

質問には誠意をもって応うべし　カーンと青い梅雨明けの空

フーガのコーダ

フーガ縺れコーダに入る厳かさ　父・母次いで八十代へ

目の前に膜張るごとき症状をなぜか老母は誰にも言わず

死の近きこと客観的事実という父に呼ばれて遺言を聞く

父がそう言うならきっと正しくて長女の我は「わかった」と言う

夏の朝父の畑の草を引く　額の汗が眼に沁みてくる

もはや胡瓜と言えぬ巨大なしろもののまして全身黄色となりぬ

悲しみの雪

悲しみを胸に畳んで教室に踏み込む前に深呼吸する

悲しみは見せてはならじ　教師なら機嫌が良いのも仕事の一部

みぞおちの辺り小さな音がして何ならむどくどくと流るる

目に見えぬ悲しみを目に見せむとや　みるみる積もる雪の重量

我に何かできたか何ができたかと問えど問い返せど雪の中

花の道

その春に敢えなく散りし魂の手を振って降りてくる花吹雪

花は心華やぎ咲くと思いしが悲しみ湛えて咲く春もある

宵闇の桜は蒼し　心病み声無くやめてゆきたる一人

祈りの国で

二〇一四年夏　インドネシア出張

ガルーダはインド神話の神の鳥　その名掲げた飛行機に乗る

八月の爽やかな朝のジャワコーヒー　乾季といふ名の季節味わう

イスラムの盛装をして愛らしき子どもら写真に写りに来たり

八万の信者の集う大モスク　かなたの頭はゴマ粒のよう

胸底に沈む悲しみ金曜の祈りの群れに紛らせてみる

ドナルド・キーン先生

二〇一四年九月、ドナルド・キーン先生との共著『ドナルド・キーン　わたしの日本語修行』（白水社）ができあがった。

にんげんは小さし　されど果てしなき宇宙のごとき人ここにあり

小柄なる先生あまりの大きさに近づきすぎては吹き飛ばさるる

京にても京なつかしやほととぎす　芭蕉

「京にても京なつかし」と先生が口ずさむそばにいてもなつかし

その本があったはずだと先生は九十二歳の身を本棚へ

装幀に桜のデザイン選びたる桜大樹のような先生

啄木論に勤しむ九十二歳なり　最後と思ったことはないと言う

放たれて

あの日より自転車通勤始めたり　満員電車は嫌になりたり

あの春に帰国したきり戻らない教師の後任やや早口で

東京五輪計画広げてこの国に蠢くものを覆う　何者

学部改組に伴い担当のコースは募集停止。

突然に鎖されし扉の前に立つ我よりほろほろ何ぞこぼるる

閉づるほかなきこと肯うほかなくて思えばあれもこれも幻

放たれて野に出てみれば諦めてきたあれこれが歓声を上ぐ

春の雪

華やげる新入生も満開の桜も我も仰ぐなり雪

歌集「あとがき」抄

『日本語農場』

一九八六年の秋、現地で生まれた嬰児を抱いてアメリカから帰国した私は、突然のように「歌林の会」に入会し、短歌を作り始めた。以来、仕事と子育てに追われる毎日の中から、ほそぼそと、しかし決して片手間にではなく、短歌を作り続けて、八年になる。

仕事は、外国人留学生に対する日本語教育である。語学教育の中では捨象せざるを得ない細かな言葉のニュアンスをすくいあげて短歌を作るのが、私にとってはとても大切な楽しみとなっている。機会あって、一九九一年の夏からの一年間は中国・西安の大学で教鞭をとった。子供を連れての単身赴任であった。〔後略〕

（一九九四年一一月）

＊

『百年未来』

〔前略〕

二十一世紀に向けて、英語を日本の「公用語」にしよう、という動きが始まっている。日本へ来る留学生に、日本語を使わずにすむ留学プログラムが奨励されている。「英語の国に生まれたかった。日本語の国に生まれて損をした」などと日本人の若者の嘆く声を聞きながら、日本語の将来をあれこれ案じるようになった。日本語に深く関わる私にとって、これは殊のほか深刻な問題である。

歌集名の『百年未来』は、百年前から見た現在のことであり、現在から百年先の意味でもある。百年前の一九〇〇（明治三〇）年といえば、その八月に小学校令改正によって、はじめて小学校に「国語科」という教科が出現した年である。当時はまだラジオやテレビもなく日本語の共通語が確立していなかった。日本語の発音の統一をはかるため、最初の国定教科書は発音練習から始まっている。さまざまな論争にもまれ、中でも表記をめぐる議論は絶えないが、敗戦の一時期にはあわや日本語から日本の文字が消えそうになったこともあった。西暦二〇〇〇年の今年、日本語の百年を振り返って、その波乱万丈の軌跡にため息をつきながら、私は百年後の二一〇〇年をあてどなく思いやるのだ。二一〇〇年の日本語の姿を思うとき、私の思いは複雑である。〔後略〕

（二〇〇〇年四月）

＊

『魔法学校』

〔前略〕この七年半ほどの年月も、平坦なものではなかった。年齢で言えば、四十になりたてから四十代後半にさしかかってゆく年月にあたるが、譬えていうならば、高波うねる嵐の海を、何度も溺れかけ塩水を飲みながらも体力の限りを尽くし辛うじて持ちこたえた年月であったようにも思われる。四十代も終盤にさしかかり、ようやく波が穏やかになった。こういうときに作品集はまとめておかなければならない。〔中略〕

この間のわたしを最も近くで支えてくれたのは家族である。こんな母親のもとで二人の子どもたちは何と健やかに成長したことだろう。長男は十三歳から二十一歳に、次男は四歳から十二歳になった。長男は中学・高校・大学に、次男は小学校に通い、二人とも来年の春、卒業する。わたしはこの歳月、それぞれの通う小学校や中学校、高校、大学につながりながら、職場である大学のキャンパスに通い、教員としての仕事の傍ら、学位論文を仕上げたりもした。公私ともに「学びの場」たる「学校」に深くかかわって過ごした歳月であった。『魔法学校』という題名はこうした思いから掬いあげたことばである。学校というのは多かれ少なかれ人を変える魔力を帯びていて、ちょっと怖いけれどわくわくする場所だ。

〔後略〕

〔二〇〇八年一月十九日〕

＊

『夜桜気質』

　二〇一一年三月十一日の東日本大震災のあと、通勤電車が不自由になったので、自転車通勤を始めたところ、職場の東の入口の前は桜並木なのだった。電車通勤していたときは、駅に近い西の入口を使っていたから、その存在に気づかなかった。四月にかけて、桜の花がほころび、やがて満開になってゆくのを朝夕眺めるのは、思いがけない喜びだった。前年度のあれこれが片付かないうちに見切り発車で新年度が始まってしまうから、年度初めは大変で、帰りが遅くなることが多い。この年も、暗くなって帰途につくと、幻想的な夜桜並木が私を迎えてくれた。あまりの美しさに息をのみ、その声を聞いて、私は感謝の気持ちを込めて頷いた。私がそのとき理解したと思った夜桜並木の声が何と言ったか、人の言葉にしようとすると何かが逃げていきそうで心配だが、強いて訳すなら、「私、大丈夫だから」というような意味で、それをもっとずっと上品なことばで言ったのだった。「あなたもね」という言外のメッセージをこめて、静かに控えめに。

　理解していただきたいから、野暮を承知でもう少し解説を加える。街灯に照らされた桜は大層美しかったが、それは桜本人が望んでそうしているわけではないようだった。でも、その姿を見て私が心から感動し、一日の疲れが癒された気持ちになったのを、優しく受け止めてくれたのだ。夜まで気を抜くことも許されないのに愚痴ひとつこぼさず、こんなに清らかに輝いていてくれて……と私が胸いっぱいになったのに対して「大丈夫。何でもない」と、そう言ってくれたのだ。見上げた夜桜気質《よざくらかたぎ》である。

　この時以来、私は自転車通勤を続けている。あれから、四度の春がめぐった。〔中略〕

　本歌集から仮名遣いを現代仮名遣いに改めた。悩んだ末のことである。私が短歌を始めた二十代の頃は、私の中に古典和歌につながる詩形であることへの憧れがあった。歴史的仮名遣いは平安時代の発音をかなり忠実に伝えるものだが、「思ひ」の「ひ」に「火」が重なる伝統に少しでも繋がれたらという思いがあったのだ。作歌にあたって文語も使いたいものだから、「主として現代文のうち口語体のものに適用する」とされている現代仮名遣いは適さないのではないかという思いもあった。

しかし、私のその後の人生は想像していたのとは違っていた。歴史的仮名遣いに接する機会は稀で、いやでも毎日接するのはアルファベットのほうである、現代仮名遣いで日本語とつながるのに全力を傾けているのが、偽らざる今の私の日常で、「思い」は「重い」と同じ発音であることのほうが、切実なのだった。それで、方針転換を決意した。〔後略〕

（二〇一五年　夏）

歌論・エッセイ

高度経済成長期に語られた「戦後短歌史」の功罪

一　「共同研究　戦後短歌史」

『短歌』一九六七年十二月から一九七〇年十二月までのほぼ毎号（休載は二回のみ）、計三十五回にわたって「共同研究　戦後短歌史」が連載された。共同研究者は、上田三四二、岡井隆、岡野弘彦、篠弘、島田修二の五名で、それぞれが分担執筆するほか、六回の座談会の記録が含まれている。

まずは、その項目の総覧を見ていただきたい。（表1）

掲載時には一九六八年一月号が「共同研究　戦後短歌史　第一章」とされ、その後、第六章まで順に番号がつけられたが、第七章が欠番で第八章にとんでいる。連載最終号の編集部からの説明によると、それは、途中でそのひとつ前（一九六七年十二月号）に掲載された座談会を章のうちに加えることにしたためだということである（一九七〇年十二月号六十二頁）。表1は、その最終的な構想を反映して、通し番号をつけなおしたものである。掲載時にはその番号も「第〇章」と「第〇回」とが混用されていて、連載ものらしい臨場感を伝えている。

共同研究者の五名のほかに、座談会に参加したのは、福田栄一、加藤克巳、塚本邦雄、前田透、武川忠一、吉田漱である。また、最終号には、阿部正路、石川一成、梅田靖夫、杜沢光一郎、富小路禎子、菱川善夫、水野昌雄、吉野昌夫らが、この連載についての感想を寄せている。長期にわたるエネルギッシュな企画で、関係諸氏の注目を集めたものと思われる。

二　「戦後」、そして一九六七～一九七〇年という時代

「戦後短歌史」として記述されたのはこれが最初だ

表1 『短歌』「共同研究 戦後短歌史」(昭42・12-45・12)総覧(作成:河路)

	掲載月号	題目	執筆者(出席者)
1	一九六七・12	座談会 戦後短歌史の成立をめぐって	上田・岡井・岡野・篠・島田
2	一九六八・1	敗戦直後	島田修二
3	一九六八・2	第二芸術論	上田三四二
4	一九六八・3	第二芸術論と短歌	岡野弘彦
5	一九六八・4	人民短歌運動	篠 弘
6	一九六八・6	新歌人集団をめぐって	岡井 隆
7	一九六八・8	座談会 昭和二〇年代	福田栄一・加藤克巳・上田・岡井
8	一九六八・9	昭和20年代の作風の展開	島田修二
9	一九六八・10	昭和20年代の評論(上)	上田三四二
10	一九六八・11	昭和20年代の短歌(下)	上田三四二
11	一九六八・12	女歌論前後	岡野弘彦
12	一九六九・1	国民文学論と民衆詩	篠 弘
13	一九六九・2	大衆社会と民衆短歌	篠 弘
14	一九六九・3	戦後「アララギ」の群像	岡井 隆
15	一九六九・4	座談会 30年代前後の歌壇	上田・岡井・岡野・篠・島田
16	一九六九・5	続・戦後「アララギ」の群像	岡井 隆
17	一九六九・6	大衆文化の流れの中で	島田修二
18	一九六九・7	佐藤佐太郎と木俣修の戦後	岡野弘彦
19	一九六九・8	戦中派の人びと	岡井 隆
20	一九六九・9	第二次戦後派の諸傾向	島田修二
21	一九六九・10	30年新風の展開	上田三四二
22	一九六九・11	「前衛短歌」論争	篠 弘
23	一九六九・12	「前衛短歌」の興隆	島田修二
24	一九七〇・1	前衛短歌の総括	岡井 隆
25	一九七〇・2	『新風10人』世代の復活	篠 弘
26	一九七〇・3	座談会 昭和35年前後 芸術と政治の間で	塚本邦雄・上田・岡井・岡野・篠・島田
27	一九七〇・4	昭和30年代の評論	島田修二
28	一九七〇・5	1960年の社会詠	岡野弘彦
29	一九七〇・6	60年安保のもたらした争点	篠 弘
30	一九七〇・7	30年代の女性群像	上田三四二
31	一九七〇・8	東京歌人集会前後	岡井 隆
32	一九七〇・9	「場」の変革史	島田修二
33	一九七〇・10	同人誌運動	篠 弘
34	一九七〇・11	座談会 補説	上田・岡野・篠・島田
35	一九七〇・12	座談会 戦後短歌の終焉と70年代	前田透・武川忠一・吉田漱・篠・上田・岡野・島田

ということである。毎回の分量は十四ページから二十ページほどに及び、個々の執筆者はそれぞれ力を入れて挑んでいる。項目になじみのあるものが多いということは、ここで項目としてあげられたことが、その後の語りに影響を与えた可能性がある。それぞれについては、別個の議論されるべき材料を多く含んでいると思われる。総覧を参考に今後、再読される機会が増えることを望むものである。

が、私に与えられた課題は、この時期にこの長期連載が行われたという、その全体を今日的にどう読むか、ということである。個々の記述には深く踏み込まず、この「共同研究」の意味を考えたい。

明けて二〇〇四年の今年。『短歌』の読者には、この連載を同時代の経験として持たない人の方が多いことであろう。私もその一人である。

連載当時、私は小学生で、『短歌』との接点はなかった。今回、この原稿を書くに際して、この時期に改めて向き合うこととなった。

私にとって一九七〇年といえば大阪万国博覧会である。夏休みに家族で見に行った。未来が輝いていた。来るべき二十一世紀は、私たち子供に託された夢の未来であった。あの明るさは何だったのだろう。それを思うと、胸の奥が少しきしむ。戦争を知らない私が、戦後の痛みを知るとすれば、このきしむような感覚である。あとで思えばこの頃、ベトナム戦争で数百万にも及ぶ人命が失われていたのだ。

この時期に、「戦後短歌史」が連載されたというのは、いかなる動機に支えられていたのだろうか。

この時期に「戦後」を冠した「歴史」が書かれたということがまた興味深い。「戦後」はいかに認識されていたのだろう。

私は大学の留学生教育の現場で、学生の要望に応えて「戦後日本の経済復興」について解説する機会があるが、その場合、扱う時代は、敗戦から一九七〇年代初めの高度経済成長期が収束するあたりまでである。敗戦からこの経済復興までは一続きの日本の戦後の物語である。戦後日本は豊かになった、と語られるときの「戦後」はむしろ高度経済成長期のことだろう。

それとは別に、戦いに敗れて独立を失った貧しい「戦後」があった。この占領下の時代は、情報も言論も統制されていたため、知らされてこなかったこと、語られてこなかったことが多い。最近になって資料が「発見」されたり「解禁」されたりして少しずついろいろわかってきた。ジョン・ダワー『敗北を抱きしめて』（二〇〇一）や小熊英二『〈民主〉と〈愛国〉』（二〇〇二）等によって、初めて得た知識も多かった。戦後知識人は、後の時代に伝わる言葉で戦後を書き残さなかったことを、小熊英二は指摘しており、納得された。果たして、高度成長期に書き継がれた「共同研究　戦後短歌史」は、「戦後」をいかに語ったのであろうか。

三　「共同研究　戦後短歌史」の時代認識

「共同研究　戦後短歌史」は、三年余りにわたって書き継がれながら発表されていった。同時代の読者に向けて、ときおり座談会形式で率直なおしゃべりを聞かせ、その試行錯誤の過程をも見せながら進められた。読者は伴走者の気分でときおり意見や感想なども投げかけながら共に走ったことであろう。雑誌連載の面目躍如の企画である。

三十年以上も「未来」の読者が読むことは想定外のことであるに違いない。しかし、だからこそ一定の距離をおいて、議論の場を、のぞいてみることができる。

最初の座談会で、企画の動機や意図が示されている。座談会は島田修二の「終戦記念日というような行事は、もうこれが最後かな、と思っていながら、一向に衰える気配がな」いという発言に始まり、敗戦があまりにも軽く語られているのにまず驚かされる。上田三四二が「短歌におけるほんとうの意味の戦後」は一九五三ないし一九五四で終わりであると具体的に示し、これは全員に承認されたようである。「戦後」はとうに終わっているという認識から「戦後短歌史」が書き始められたことがわかる。朝鮮戦争特需をばねに経済復興を実現し、「もはや戦後ではない」という言葉が発せられたのは一九五六年の経済白書であった。

となると、この「戦後」はその大半が占領下の時代ということになるが、島田は戦後を「豊かな」「よき時代」であったと繰り返している。岡井隆もそれに同意し、戦後を「可能性のある豊かな、混乱しているけれども、どっか人間が可能性においてリッチなものを持っていた時代というイメージ（一九六七年十二月号一〇二頁）」だという。これに反対を示したのは岡野弘彦一人であるが、その発言さえ「戦後のアメリカの日本人に与えてくれた幸福」を自明のこととし、しかしそれは本来我々が苦しみながら獲得しなければならなかったもので、「もっと抵抗を感じなければならないものがあるはずなんだけど、それが（中略）はぐらかされたところがある」のではないかと違和感を述べるにとどまっている。

敗戦や占領下のことがらに関する情報が当時に比べて豊富に与えられている今日から見ると、その時代を生身で生きた彼らの発言には違和感が否めない。

戦争で失われた多くの命を、多くの人々が思わずにいられなかった。何より食べるものに事欠く貧しさであった。日本政府が占領軍のために「慰安施設」を作り女性を募集したなどという事実もあった。悲しみ苦しんだ人の多かった時代だが、執筆者はこの時代の負の側面は、見ないようにしているかのようである。そういえば、この連載は座談会のゲストも含めて男性ばかりで進められ、女性の作品への言及も少ない。

また、書き手の中で岡野弘彦は戦時中、勤労奉仕中に歌の好きなものが集まって歌を作っていたという、島田修二は母親が歌詠みで戦時中には自分も「うまい辞世を作って死のう」という気持ちがあったという。一番若く敗戦の年に十二歳であったという篠弘でさえ、そのときに在籍していた都立五中時代に歌人であった教師、谷鼎から歌を教えられたことが作歌の起点であったと語り、敗戦前から連続的なものとして短歌に関わってきた人々ばかりであることも、今日の読者としては改めて押さえておかなければならない。彼らが、短歌の敗戦前後の連続性を前提としていることは特徴的である。

五人は、連載が始まると、それぞれが個性的な文章を書いていくことになるのだが、ここで語られた時代認識は、ほぼ共通していたといえるだろう。

連載完了時の座談会で、島田修二は奇しくも次のように言っている。連載開始のうちに世界の各地で戦争や革命があり、日本国内でも大学紛争があったことに触れながら、しかし「さまざまな変革が、一歌人としてはほとんどひびいていない、ということがあるんです。はっきり言って、歌壇には何の解体も造反もなかった。この三年間の外部の動きに比べて、驚くほど無風状態なのです。（中略）私は時代や思潮の変化がストレートに短歌に影響を与えるとは思いませんけれど、最近の歌壇の守旧ぶりは、尋常でない気がします。（一九七〇年十一月号五十～五十一頁）」

これとは違った意味ではあるが、私がこの連載に感じるのも、その「尋常でない」「無風状態」なのである。

四　「共同研究　戦後短歌史」の功罪

連載は、個々の執筆者が個性を遺憾なく発揮して書き継がれた。個々の記述については、資料的価値も含めて相応の価値を持つものであると思われる。

しかしそれにもかかわらず、そこに「歴史」という言葉がかぶせられたときに生まれる陥穽がある。Aの真実、Bの真実、Cの真実がいかに精緻に描かれていようとも、その三つを「ある時代の歴史」と題して括ってしまったなら、その時代に数限りなくあったそれ以外の真実を隠蔽する力を持ち始めてしまうのである。「共同の記憶」を編んでゆこうとする仕事は、その何倍もの「共同の忘却」を生み出してゆく。

この連載の場合、何しろそれぞれが実体験をもつ時代と場を歴史として記述しようというのだから、難事業なのである。上田三四二をはじめとして、執筆者の中には、共通の一つの歴史的な語りを編み上げようという意識が働いていた。が、結果的にはそれが成功しなかった、とは連載を終えたときの上田による反省である（一九七〇年十一月号五十一―五十二頁）。しかし、文芸論に限らずおよそ人文社会科学系の共同研究において、資料と問題意識は共有しても、個々の記述や思想は個人に所属すると考えるのが普通であり、そこに批評家や歴史家の価値が生じるのである。連載が個性的な記述を誘発したことは、むしろ成功であったと言ってよいと思う。中でも、岡井隆は自身の身の回りの体験にひきつけて主観的に記述する姿勢をとったが、結果的には、この一見ふさわしくないかのような記述が、今日的にはかえって第一次資料的な意義が大きいように思われる。

フランスの歴史家ピエール・ノラが主宰し、一二〇名に及ぶ歴史家や思想家を巻き込んだプロジェクト『記憶の場』の日本語訳（岩波書店）が二〇〇三年の初めに出版された。革命神話の根強いフランスにおいてその統合の過程を読み直し、ときにはその虚構性をあばく性格をもった試みであった。短歌に関わる歴史が、当事者の側から再び書かれることがあるならば、むしろ徹底的に個々の記憶を記述することから始められるべきなのではなかろうか。そして、もう一つ、語らぬ主体への目配りが必要である。短歌という文芸は近代日本において国民文芸としての役割を負ったことは周知のことである。戦時下には国民教育の中で短歌の国民的価値が説かれ、短歌朗詠のレコードが発売されたりもし、短歌のもつ文化的支配力は大きかった。戦後、日本の文化の中で短歌の占める位置は変わって、それは極端に小さくなった。国語政策、国語教育政策の変化の及ぼした影響も見過ごせないはずである。少なくとも敗戦前まで喧伝された短歌の価値が疑われる事態は現出したのであり、敗戦を機に短歌から離れた人、離れることを余儀なくされた人たち（「植民地」の人々がその典型である）が大勢いた。

連載最後の座談会の中で岡野弘彦はこれらに少し

触れ、今後埋めるべき欠落であることを指摘している。連載中の『短歌』一九七〇年四月号では、「現代短歌と教育」という特集が組まれており、危機感をはらんだ真摯な議論が提供されていた。再読の価値のある特集である。

高度経済成長期に書かれた「戦後短歌史」に書かれた個々の記憶は貴重だが、歴史認識の隔たりを認識し、「共同の忘却」の部分について、これを問い直す作業が必要である。敗戦や占領下という未曾有の事態が短歌を含む日本の文化に及ぼした影響に関しては、今こそ、改めてみつめなおし、記述してゆく必要があるだろう。

（『短歌』二〇〇四年二月）

一九二〇年代に口語短歌と出会ったアイヌの歌人・違星北斗《いぼしほくと》

――多文化社会における短歌の可能性への考察を視野に入れて

一、はじめに

大正から昭和にかけて命の丈を口語短歌に詠み、二十七歳で病に斃れたアイヌの歌人がいる。違星北斗（一九〇二〜一九二九）という。作品は、当時のアイヌ青年の境遇や真情を伝え、広く共感を呼んだ。

詮じつめればつかみどこないことだのに淋しい心が一ぱいだ冬
人間の誇は何も怖れない今ぞアイヌのこの声を聞け

北斗は思いをさまざまな形で語りもした。北斗によってアイヌへの理解を深めた人物に沖縄学者伊波普猷や小説家の山中峯太郎らがいる。

　アイヌの歌人としては北斗より十八歳年長のバチェラー八重子（一八八四〜一九六二）が、アイヌ語を多用する独特の歌風で知られる。北斗と同年生まれで後に民族運動のリーダー的役割を果たす森竹竹市（一九〇二〜一九六七）の作品（『原始林』一九三七）は、抗議の色彩の濃いものである。しかし、北斗の作品はそれらとは一線を画している。


骨折れる仕事も慣れて一升飯　けろりと食べる俺にたまげた

滅び行くアイヌの為めに起つアイヌ　違星北斗の瞳輝く

自由で素直な作品には、読者の共感を無理なく引き出す力がある。

　北斗にとって短歌、とりわけ口語短歌との出会いは何であったのか。そのことは短歌の如何なる可能性を示しているのか。北斗の没後八十五年、多文化化の進行する日本の状況に照らして考えてみたい。

二、違星北斗と日本語、そして口語短歌

　江戸時代まで「和人」はアイヌに日本語を教えようとしなかった。その方が騙しやすかったからだとバチェラー八重子は「同族《ウタリ》の立場から」という文章に書いている。先住民である彼らの土地は、明治になって北海道と改称されて日本の版図に入り、人々は日本語による教育を受けることとなった。一八七二年には東京・増上寺のアイヌの教育所で最初の「留学生」らが学んだが、北斗の祖父万次郎はこの中の一人だった。後に北海道開拓使雇人となり、東京の思い出を懐かしく語ったという。北斗は子どものころから日本語での学習、読書に励み日本語は種々の文体を操ったが、アイヌ語は自由ではなかった。

　さて、北斗は「淋しい元気」（「新短歌時代」一九二八年一月号）に「十年程前」から新聞の短歌を読んでいたと書いている。それは全国的に口語短歌運動が

展開された時期にあたる。北海道で初めての口語短歌誌『橄欖樹』の創刊は一九一九年。小樽新聞社記者の並木凡平は一九二四年、小樽新聞に口語歌欄を設けてこれを担当し、一九二七年十二月号「新短歌時代」を創刊、小樽は「口語短歌王国」と呼ばれた。

歌人としての違星北斗を見出したのは並木凡平である。北斗が短歌を発表したのは最晩年に当たる一九二七年半ばから一九二九年初めの一年半ばほどのことだが、この時期は、ちょうど北海道における口語短歌の隆盛期と重なっていた。北斗が口語ならではの自由闊達な表現を得て、アイヌとしての義憤も病苦も、また命の喜びも遺して伝えることができた背景には、こうした偶然が作用している。

三、違星北斗の短歌

アイヌの短歌と言えば、バチェラー八重子『若きウタリに』(一九三一)が強い印象を残している。歌集出版は北斗の方が早いがアイヌの作品と言えば八重子の印象に準じて語られることが多いようである。

北斗は一時八重子の影響を受け、その下で働いたこともあるが、八重子の奉職するキリスト教を信ずることはなかった。二人の歌集にはほぼ同一の作品が二首確認される。「新聞でアイヌの記事を読む毎に切に苦しき我が思かな(北斗)」と「新聞のアイヌの記事を見るごとに切に苦しき我が思ひかな(八重子)」がその一首だが、八重子の金田一京助宛の書簡によると幌別で知里真志保と三人で作ったのだという。八重子と北斗(そして真志保)は意気投合したこともあったと見える。

しかし、両者の資質、表現の違いは明らかである。世代の違いもあろう。八重子はアイヌの伝統文化に通じていたが、北斗は必ずしもそうではなかった。八重子の作品は、歌集名が『若き同族《ウタリ》に』とあるように、アイヌ語を多用して仲間に呼びかける作品が目立つ。

アウタリヒ　モシリイコンヌプ　トノトなり

イカエチクーな　エチイホシキな（同族よ
国を滅ぼす禍物は酒なり　ゆめ飲むな、ゆめ酔
うな）

また、日本政府の同化政策による「滅び行く民族」
という言説にも敢然と異議を唱え、批判精神を前面
に出している。

ずたずたに蹂《ふ》みにじられしウタリの名　取り
返すのも己《おの》が胸にあり
父の家継ぎてつたへよ孫曾孫に　亡びの子で
はないといふこと

こうした作風について川村湊は『現代アイヌ文学
作品選』（二〇一〇）の解説で「高度な文学的抵抗の
表現」であるとし「アイヌ語の復興、復権を企図し
たものではなかったのか」と述べている。確かに八
重子の作品でアイヌ語の響きを知り、関心を持った
読者はいたに違いない。しかし、アイヌ語を解さな
い者が共感を得ることは難しい。
さて、北斗の作品はどうかというと、広く日本語
読者に向けて胸襟を開いて詠まれており、読者の心
に直接届く作品が多い。この時期にはアイヌの人々
も日本語に通じていたから、読者には彼等も含まれ
る。

新生の願ひ叶へとこんしんの力を除夜の鐘に
うちこむ
俺はたゞアイヌであると自覚して正しき道を
踏めばよいのだ

隣人としての青年に共感しアイヌの置かれた状況
に理解を深め、結果として社会的な問題にも意識を
至らせた読者は少なくない。

四、違星北斗の思想

北斗の短歌は民族運動の手段ではなかった。親戚

で幼馴染の中里篤治と二人でアイヌ青年の修養団体「茶話笑楽会」を結成し、機関誌『コタン』（一九二七）に文章、詩、短歌を寄せているが、そのテーマはアイヌ民族の祖先への敬意、民族の自覚と修養である。北斗がその思想のよりどころとしたのは、社会主義者でも民族主義者でもなく、社会教育家の後藤静香《せいこう》であったが、彼の率いる希望社の社会活動は「点字の普及」「ハンセン病患者救済」「エスペラント運動」「老人福祉」「現代仮名遣いの普及」そして「アイヌ救済」であった。

北斗は文字通り命を削ってアイヌの自覚を呼びかける活動を展開したが、それは抵抗運動ではなく、アイヌの民族文化や歴史を尊重し、高い志を持とうとするもので、他へもそのことへの理解を求めたのである。後藤静香はこの若き北斗の真摯な思いに感銘を受け、没後寄付を募って歌集『コタン』を出版、その売り上げで林檎の「北斗農園」を運営、「アイヌの有望なる青年の教育」に充てるとした。

五、おわりに――短歌という器

短歌は、どの言語にもあるものではなく、日本語が培ってきた文芸である。違星北斗の表現言語は日本語であった。短歌は、境遇や民族や文化が異なっても、また切れ切れの時間しか使えなくても、気持ちを伝え得る不思議な器であることを北斗の作品は証明している。社会に対する声高な抗議ではなく、口語短歌にのせた真情によって、北斗の思いは多くの人の心を動かした。『コタン』は形を変えて版を重ね、アイヌへの認識は広がり、二〇〇八年国会でアイヌが先住民族であることが認められた。世界中で人の移動が激しくなり日本においても多文化化の進む現代、日本語を使う人々の背景は多様である。短歌は「日本民族」のものだといった言語民族主義からは自由であらねばならない。日本語を選んだ人なら誰でも参入でき、思いを内側から伝え合うことができる。こうした短歌の力に、私たちは自覚的でありたい。

【謝辞】一次資料の多くは、ウェブサイト「違星北斗・com コタン〔管理人：山本由樹（山科清春）〕」を通して閲覧しました。記して感謝の意を表します。

（『十月（十月会レポート）』136号　二〇一四年七月）

付記：このあと発表した関連論文

＊河路由佳「アイヌの青年詩人・違星北斗の挑戦——歌集『コタン』（一九三〇）の成立とその意義」『ことばと文字』六号、二〇一六年十月、くろしお出版、二一一～二二〇頁

評論賞がつないだ『台湾万葉集』との四半世紀（新暦・第十五回優秀作）

——わが評論賞のころ、あるいは短歌評論の意義について

台湾からの航空便で『臺灣萬葉集　下巻』が届いたのは一九九三年三月のことだった。差出人は呉建堂。桃色の表紙の中央に黒ぐろと楷書の康熙字典体の書名、左下に「孤蓬萬里著」とある。呉建堂氏の筆名であった。

今から四半世紀前のこの時期、私は大学で留学生に日本語を教えながら、戦前の日本語教師や元学習者への聞き取り調査に取り組み始めていた。台湾のお年寄りへの聞き取りも実施したところだったから、その関係かと思った。後に分かったことには、呉氏は年末の「短歌研究」十二月号の歌壇名簿から約二千名に送付したそうである。

『台湾万葉集』は、孤蓬万里こと呉建堂氏が主宰する「台北歌壇」の会員百余名による短歌五〇〇〇首

余りを作者の経歴とともに紹介したもので全編の紹介文を呉建堂氏が書いている。短歌を楽しむ台湾の方々の作品を興味深く読んだが、「日本の短歌界が晦澀板に陶酔して居る頃、台灣では萬葉調が守りつがれた」と書く呉建堂氏の文章に何か今にも「爆発しそうなエネルギー」が湛えられているのを受け止めかねた。

その五月、大岡信氏が連載中の朝日新聞の「折々のうた」で一首ずつ十九名の作品を紹介して話題になり、一九九四年には集英社から『台湾万葉集』が出版され、翌年その続編も出た。一九九六年に呉建堂氏は歌会始陪聴者として皇居に招かれ、同年十二月に菊池寛賞を受賞、すっかり有名人になった。

私が現代短歌評論賞に応募したきっかけが何であったのか。私にとって次男の出産を挟むこの時期は、余りにも慌ただしく、記憶に曖昧なところがある。一九九七年度のテーマ「短歌と○○との接点」に惹かれたのに違いない。日本語教育の現場は異なる言語や文化の接点で、私は時に留学生に短歌を紹介したりもしながら短歌を作り、こうした「接点」で生まれる文化変容を短歌の上にも予感していたのである。

応募作のタイトルは「短歌と異文化との接点――『台湾万葉集』をヒントにボーダーレス時代の短歌を考える」というもので、「短歌研究」一九九七年十月号（六三～六九頁）に掲載していただいた。副題どおり、『台湾万葉集』にやや多めに触れたものの、これについて論じたわけではない。呉建堂氏の「爆発しそうなエネルギー」には触れなかった。子規の引用から書き起こし、阿倍仲麻呂やアイヌ歌人バチェラー八重子にも触れながら、国際化、多文化化する社会における短歌の新たな展開への期待を述べた。今読み直しても、その趣旨に違和感は覚えない。

さて、『台湾万葉集』と私との新たな関係は、この直後に呉建堂氏から連絡をいただいたことに始まった。資料を提供するから『台湾万葉集』について、もっと書いてもらいたいと、呉建堂氏から矢継ぎ早に航空便やFAXが送られてくるようになった。電話もかかってきた。残念なことには、小学生の長男と生まれたばかりの次男を抱えた「働く母親」の私には体力的余裕がなく、呉氏の手紙の中に私から返事がないのを案ずるものがある。私は氏の思いに十分に応えきれなかったのだ。翌一九九八年十二月、思いがけずも呉建堂氏の訃報に接し、私は瞑目した。間もなく、三省堂の『現代短歌大事典』(二〇〇〇)の呉建堂の項の執筆依頼を受け、万感の思いでその忌日を書いたのを思い出す。代表作には「すめらぎと曾て崇めし老人の葬儀のテレビにまぶたしめらす」を選んだ。今改めて選ぶとしても、私はやはりこの一首を選ぶ。

その後、襟を正して『台湾万葉集』に向き合って書いたのが「日本統治下の台湾における日本語教育と短歌：孤蓬萬里編著『台湾万葉集』の考察」(「人間と社会」十一号、二〇〇〇年八月、四七〜六四頁)であった。呉氏の「爆発しそうなエネルギー」については、なお保留して言及を避け、日本統治時代の台湾社会、教育に言及しつつ、戦後台湾に生まれた日本語短歌を趣味とする集団にとっての短歌の意味を考えた。幸運なことに、これをきっかけに『台湾万葉集』関連の集まりに招かれる機会がもたらされるようになった。

あれからおよそ一世代が過ぎた。昨二〇一六年の夏、青山学院大学の小松(小川)靖彦氏による「戦争と萬葉集研究会」で『台湾万葉集』について話す機会が与えられた。参加者には息子世代の学生も含まれた。彼らにとって『台湾万葉集』は遠く、古書を探して入手するのに苦労したと聞いた。私はあれから黄霊芝の『台湾俳句歳時記』(二〇〇三)、黄得龍の『椰子の木』(一九九三)を読み、呉建堂氏の「爆発しそうなエネルギー」の正体に少し近づいた気がしていた。それをまとめるよい機会になった。研究会での議論を反映して再考し、この春「呉建堂の「万葉精神」と『台湾万葉集』——戦後台湾の日本語短詩型文芸の担い手、黄霊芝、黄得龍を照らして」(「ことばと文字」第七号、一七六―一八七頁)を発表した。

返歌

すめらぎを崇めし台湾青年の老いて死すとも「万葉」の道　河路由佳

（『短歌研究』二〇一七年七月号）

付記：このあと発表した関連論文

＊河路由佳「呉建堂の〈台湾万葉集〉と〈国語〉教師、川見駒太郎／犬養孝――日本統治下台湾の短歌教育と戦後台湾の短歌」『ことばと文字』一〇号、二〇一八年十月、くろしお出版、一九六～二〇六頁

＊河路由佳「日本統治下の台湾における『万葉集』教育と『台湾万葉集』の誕生――呉建堂と伴走者としての犬養孝」小松靖彦編『戦争と萬葉集』創刊号、二〇一八年十二月、二一～三一頁

あなたに贈る愛の花束

あの小さき羽もつ者がわが子なる証《あかし》我にもある羽の痕《あと》

働く母親である。職場の事情もあって、やっと法制化された育児休業もとらず、産休明けから働いてきた。職場には、子供を持つ女性は少ない。

そのせいもあるのだろうか。母親になって久しいのに、自分が母親であることが不思議でしかたがない。毎朝毎晩、子どもの顔を見るたびに感動する。

子どもが小さかった頃、疲れ果てて帰ってくると、美しい絵本を持ってきて、読めと勧めてくれた。いっしょに読むと、心は晴れた。私にとって子どもは、恩寵以外の何ものでもない。

そんなある日のことだった。子どもが消えた。保

育園から家の前まで手をひいて来て、鍵をあけて振り向いたらいなかった。辺りには人影もなく、物音もしなかった。薄暮の町に風が響《な》り始めた。夢だったんじゃないか、と私は疑った。私に子どもがいたなんて。

　疑いながらも私は、夢かもしれない子どもの名を叫び、走り出していた。

　神社跡へ来て、安堵した。大きな銀杏の樹の根元。しゃがんで静かに土をいじっている。駆け寄ろうとして、私はたじろいだ。天の高みからまっすぐ降りてきたかのような、あれは本当に私の子どもなのだろうか。

　その時、私は不意に思い出したのである。そうだ、私も昔、天から降りてきたのだった、と。私がまだ私になる以前のこと。遠い遠い魂の記憶。

光濃きかなたより呼ぶ少年の母が我なること
こそ不思議

少年を力づけむと出過ぎたるこころ　ことば
とはぐれてしまふ

（二〇〇四年六月『あなたに贈る愛の花束　短歌』北溟社所収）

木下順二先生の思い出

恩師、木下順二の死を知ったのは二〇〇六年十一月三十日木曜日の朝のことである。夫が朝刊の第一面を見るなり教えてくれた。私は「そう」と言ったきり、この朝もいつものようにあわただしく、そのまま出勤した。

夜九時過ぎに帰宅し、改めて新聞を開くと、一面と文化面と社会面の三か所に関連記事が載っていた。十月三十日に肺炎のため九十二歳で亡くなっていたことがわかった、とあった。私はひと月もの間、先生の死を知らずにうかうかと生きていたのだった。「私が死んでも一か月間は公表するな」と言い遺されたに違いない。故人の遺志で葬儀は行なわない、という。「母の遺灰と一緒に海へかえしてくれ」と遺言があったと、夕刊に小さく書かれていた。まっすぐに気高く、慈愛に満ちた先生らしい処し方ではある。私は瞑目し静かに涙を流すことしかできない。

私は高校三年生の秋、その弟子になるため山本安英の稽古場を訪ねた。約束の時間に稽古場で指定されたソファにかけて待っていると、山本安英先生が入ってきて、前のソファにかけた。そのあとふらっと、という感じで木下順二先生も現れて、その隣にかけた。二人の大先生を前に緊張する十八歳の私に、「まずは三か月」と先生は言った。与える課題に応えてみよ、と。そして、三か月たったら、成果を発表せよ。合格したら弟子にしよう。不合格ならそれまでと心得よ。そういう意味のことを、二人の大先生は私に伝えた。

一九七七年の秋のことである。このとき山本安英は七十代半ば、木下順二は六十三歳。私は孫のようなものである。「あの日のあんたはねえ」と、後々山本安英はこの日の私がどんなに幼かったかを話題にすることがあった。

最終発表の課題は「外郎売」であった。山本安英の会版のテキストがあった。山本安英が若いころから滑舌を含むさまざまな音声表現の由緒正しい練習演目として大切にしているもので、手取り足取り教えていただき、私は山本安英の調子をそっくり真似て覚えた。将来を決する日というような意気込みで私は大先生二人の前に立ち、「外郎売」を演じて、無事合格した。それから、この稽古場に通って稽古をし、毎月岩波ホールで行なわれる「ことばの勉強会」を手伝い、二人の先生の身近に親しく過ごす日々が始まった。

稽古は文京区千駄木にあった山本安英の会の稽古場で行なわれ、そこから徒歩数分の場所に住む木下先生はたびたび稽古場に来ては、稽古をつけてくれた。この稽古場では木下順二先生を囲んでシェークスピアの翻訳についての勉強会だの、朗読のアトリエ公演だの、さまざまなイベントもやった。指導者はいつも、山本安英先生と木下順二先生だった。

木下順二先生と、文京区界隈文学散歩と称してあたりを歩いたこともあった。帰りがけに先生は「呑喜」というおでんやに連れていってくれた。先生の昔からの行きつけのお店だときいた。湯島天神に梅を見に行ったこともある。

ハイライトは一九七八年の「子午線の祀り」の初演であった。平家物語に材をとった大作で、十九歳の私は重衡の北の方という役をもらい、出番のないときは紗幕の奥で舞う厳島の舞姫だの、裏方だの、いろいろ忙しく立ち働き、東京の国立劇場を皮切りに阪神、北陸方面への旅公演に出た。下関公演では木下先生に率いられみなで壇ノ浦を見に行ったりもした。

木下先生との思い出はつきないが、やがて、二十歳を過ぎたころのそれには、切ないものも増えてくる。私は先生の期待を裏切って、教師となった。にもかかわらず、先生は、私の人生を応援しつづけてくださった。折々に私は先生に挨拶にいったものだが、一九九一年初夏、「この夏から一年間中国に赴任することになりました」と挨拶にいったとき、先生は目を細めて励ましてくれ、「そういえば、そんな本があったな。あとで送るから。」と言った。そうして送られた本が、いま、手元にある。荒井悠莉花（一九九二）『南寧日記　中国からの手紙』（凱風社）という本である。帯に「日本語教師奮闘記」とある若い著者のもので、この本がどうして木下先生のところにあったのかはよくわからない。本の扉を開くと、先生からのメモのような手紙が、はさまれている。

「由佳さん
お手紙と、思ったほどまずくはない歌をありがとう。本、みつかったから送ります。返却御無用
5／7／'91　木下」

一九九一年というと、短歌を初めて五、六年のころだが、ちょうどこのころ、短歌雑誌『雁』に中国をテーマにした作品が掲載されたので、それを送ったのだろう。

先生と接したことのある人ならわかるはずだ。「思ったほどまずくはない歌」というのは、相当なほめことばである。私はこのことばを胸に中国に赴き、作品作りに励んだ。第一歌集『日本語農場』（一九九五）はその成果である。

（「秋桜抄」1、『新暦』二〇〇七年一月号）

短歌を作り始めたころ

短歌を作り始めて二十年余りになる。初めて短歌を作ったのは夫の留学に伴ってアメリカ合衆国の小さな大学町で暮らしていたころのことだ。日本で日本文学、日本語教育を学んでいた私は1年間休学してアメリカに赴いた。二人とも二十代だった。アメリカへ発つ夏、私は初めての子供を身ごもっており、滞在期間の半ばに現地で出産、一年後には乳児を抱いて帰国し、秋から復学する計画だった。

ニューヨーク州の州都オールバニの近くにトロイという街があり、そこに夫の通う大学があった。留学生村と呼ぶべき居住地域には世界の各地から来た留学生とその家族が住んでいて、妊婦も赤ん坊も大勢いた。

夫は一年間で修士号を取得しようと、熱心に勉強に打ち込んだ。妊婦の私は、留学生の配偶者という立場で英語の授業に参加したり、現地の病院に通い夫とラマーズクラスに参加したりもした。自由な時間がたくさんあった。ただ、日本語が足りなかった。

それで、東京の友人に短歌雑誌を送ってほしいと手紙を書いたのだ。その友人は塚本邦雄を初めとする現代短歌の愛読者で、ときおり熱っぽく短歌の話をしたのだった。おかげで私は現代短歌にわずかに触れることができたものの、作ろうと思ったことはなかったし、この友人も自分で作ることはしなかった。

友人が航空便で送ってくれたのは『短歌その日その日』と題されたアンソロジーと、角川書店の月刊誌『短歌』の最新号だった。

記憶が間違っていなければ、私はこのとき葛原妙子の作品を読んだ。そしてそのほか大勢の現代歌人による同時代の作品に触れた。日本語に乾いていた私の心にみずみずとした短歌のことばが染み込んで、全身が潤ってくるように感じた。やがて私は、おそるおそる、私のことばをこの三十一拍の韻律に注ぎこんでみることを始めたのだった。それは長男を得る少し前のことで、長男を授かったとき私の傍らには密やかながら短歌があった。私は初めて母親になった喜びを素直に短歌に詠むことをした。たった一人の営みだった。

思えばこの時以来、母親としての自分をみつめることが私の作品のテーマのひとつであり続けている。日本語以外の言語に取り囲まれた空間で日本語を大切に思う気持も短歌に向かいあうたびに思い出す。

さて、無事に小さな赤ん坊の長男を抱いて帰国した私は、短歌を発表する場が欲しいと思うようになった。短歌雑誌の広告をみて連絡をとったのは、馬場あき子主宰の歌林の会であった。高校生のとき馬場あき子先生の『鬼の研究』を読んで以来エッセイ集も何冊か読んでいたので、思い切って連絡する勇気をやっと奮いだすことができたのだった。

最初のうちはただ毎月決められた数の作品を郵送するだけだったが、誌面に作品が載るようになり、やがて歌会などにもときおり出てゆくようになった。

最も熱心に参加したのは吉祥寺で開かれる「むさしの歌会」であった。三十代から七十代くらいまで女性ばかり三十人ほどの集まる会だった。当時、長谷えみ子さんを中心に長谷さんを囲んでの歌会を毎月一回行っていた。私は最年少の初心者だった。初めてこの会に参加したとき、長谷さんとは初対面だったが、そのあまりに凛とした美しさに息を飲み、一瞬ことばが出なかったのを今でも覚えている。こういうことは後にも先にもほかにないが、飾り気のないうりざね顔の長谷さんは、この世のものとは思えないほど美しく、その大きな黒い瞳には鋭利な刃物を思わせる輝きがあったのだ。歌会ではそれぞれの作品評の最後を長谷さんが短いコメントで締めくくる。簡にして要を得たコメントの切れの良さにも私は驚きをもって感じ入った。この歌会に私はしばしば幼い長男を連れて参加した。長男は私の隣で静かに絵本を読んだり絵を描いたりしていた。

長谷さんが、壮絶な自刃を遂げた評論家、村上一郎氏の奥様であった方と知ったのは、それからずいぶんたってからのことだった。

（「秋桜抄」18、『新暦』二〇〇八年六月号）

めぐりあい

このエッセイが掲載されるのは十二月号。そのときにはもうすべて終わっているはずなのだが、九月号で触れた「源氏物語千年紀」記念イベント、十一月二十四日池袋芸術劇場での公演「マルチリンガル朗読　葵」の稽古が佳境に入っている。『源氏物語』に二十余りの言語による翻訳があるということに目をつけたプロデューサーが、「源氏物語」の多言語による朗読のイベントを企画したのがきっかけだそうだ。これを、山本安英の兄弟子である神田外語大学の児玉朗さんと、英国人のステュウッド・バーナム・アットキンさんと、私とで構成・演出・出演を担当することとなったのである。

今回とりあげる言語は、日本語と英語のほか、フランス語・ドイツ語・アラビア語・ロシア語・中国語・タイ語・インドネシア語・朝鮮語の十言語である。日本語は私と児玉さんが担当し、英語はアットキンさんがそのお仲間と一緒に担当されるが、他の言語は、現役の学生たちが読む。その言語を専攻する日本人学生と、その言語を母語とする留学生、総勢三十名余りが出演する。いろいろな人間が集まってひとつのものを作り上げるのはなかなか大変なことで苦労が多いが、それでも基本的にこういう前代未聞の何かをやってみるというのは楽しいことで、何かが生まれるかもしれないという期待もあるので、何となくわくわくして、睡眠時間を削りつつとりくんでいるのである。

寝ようというときに、山本安英先生が昔読まれた谷崎潤一郎訳の『源氏物語』の朗読CDをヘッドホンで聴きながら目を閉じて体を休め、いよいよ眠くなったらヘッドホンを外して眠る。昭和二十七年に放送されたラジオ番組「箏曲と朗読　源氏物語」の録音なのだが、演奏に合わせての生放送だったのか、山本先生の小さなミスも息の音も、とてもリアルに聞こえてくる。すぐそこに先生がいるようで、なつかしさがこみあげる。

さて、そんなある日のことである。山本先生が現れた。

ちょうど「若紫」のくだりを聞いていたときのことである。ああ、すぐそばで先生が語っているようだと閉じていた目をあけたら、私の左斜め前のすぐそこに忘れもしない山本先生その人がいらっしゃるではないか。先生は落ち着いた様子で、「若紫」を語り続けられた。先生は、白髪混じりのご自分のお髪の耳の後ろを黒いヘアピンで無造作に止め、お化粧気のない素顔だった。細かなお皺を表面に浮かべながらも頬などつやつやとされていた。「若紫」のお声は、もっとずっとお若いときのものであるはずだが、現れた先生は、私が十代の終わりごろ毎日のように通って教えを受けていた当時のままのお姿である。先生の「ひ」はちょっと「し」に近い。そのおくせもなつかしく、口の開閉のめりはりもそのままで、お顔の表面の小さなお皺がそれにつれて動いた。

先生が、来てくださった。「先生」と声をかけたかったが、先生は「若紫」を読み進めていらっしゃるのだから、邪魔をしてはいけないと思いとどまった。

先生の語りを聞きながら、私は感動のあまり穴のあくほど先生のお顔を見て胸がいっぱいになった。先生は首をちょっとこちらにひねって目を細めて私を見て、さらに「若紫」を語り続けられた。泣きそうになって見ている私のすぐ横で、先生はわたしの背に手をかけて、ぽんぽんと二度、軽く叩かれた。その感触はありありと今も背中に残っている。

「若紫」のCDが終わると、先生はすうっと姿を消された。

本当の話である。「源氏物語」の朗読を、先生は励ましてくださったのだと思う。先生から教わったこと、きっと私は伝えなければならない。

「マルチリンガル朗読　葵」は、何しろ先例のない試みで、何もかもが手さぐりだが、何とかまとまりそうになってきた。

山本安英先生は本番もおいでくださるかもしれない。源氏物語の千年にかかわる昔々の人々も続々とおいでくださるかもしれない。


（「秋桜抄」24、『新暦』二〇〇八年一二月号）

私の短歌の仮名遣いについて

短歌を書く場合に、まず選ばなければならないのは「現代仮名遣い」か「歴史的仮名遣いか」ということだろう。結社によっては、方針を決めているところもあるようだが、「新暦」では、各自選ぶことができる。

「歴史的仮名遣い」は平安時代の日本語の発音に即したものだが、日本語の発音に大きな変化があって仮名遣いとの間に差が生じてしまった。特に明治に入っていわゆる口語が書き言葉にも使われるようになって以来、これをより書き表しやすくするための模索が行われてきた。敗戦に際して、これを思い切って整理したのが国語改革で、「当用漢字表」とともに「現代かなづかい」が内閣総理大臣吉田茂によって示されたのだった。その冒頭に、従来の仮名遣いは複雑で困難が大きいから、これを「現代語音にもとづいて整理することは、教育の負担を軽くするばかりでなく、國民の生活能率を上げ、文化水準を高める上に資するところが大きい」とその目的が書かれている。これをもとに、制限的な性格を薄めたものが一九八六年に改めて告示された。

そうであれば、私たちの短歌も現代仮名遣いによればよいわけだが、そうもいかないのは、「主として現代文のうち口語体のものに適用する」と書かれているとおり、説明は口語体に限られているからである。また、歴史的仮名遣いを「我が国の歴史や文化に深いかかわりをもつものとして、尊重されるべきことは言うまでもない。」とし、現代仮名遣いを理解するためにも有用であるとして、付表に歴史的仮名遣いと現代仮名遣いの対照を載せている。

これを素直にとるなら、適用外の文語を使って短歌を書く場合には、歴史的仮名遣いを採用するのが無難である。が、それは「複雑で困難が大きい」からこそ、「現代仮名遣い」が制定されたのだ。ということでまた頭を抱えるわけである。

私は、「新暦」はじめ短歌誌や一般誌に寄せる場合は、通例に従っているが、歌集に際しては、これまでの三集については「歴史的仮名遣い」に「促音拗音の小書き」を採用してきた。促音拗音の小書きは「現代仮名遣い」においてさえ「なるべく小書きにする」と書かれていて、仮名遣いの本体とは別に独立して採否を決めてよいものと言える。「つつつつ」が「ツッツツ」なのか「ツッッツ」なのか「ツッツッ」なのか、はたまた「ツツツツ」なのかは短歌の調べの上では大きな問題で、私はこれは書き分けたいと思った。こうした小書きの採用は、戦前のさまざまな表記の試みの中に例があり、私が勝手に始めたものではない。

このたび第四歌集『夜桜気質』に際して私は、思いきって「現代仮名遣い」に切り替えたが、文語については次の例外事項を加えて用いた。

（1）ダ行下二段活用は「づ」を使う。（例）「出づ」

（2）助動詞の「む」「ぬ」は「ん」にせず、もとの仮名を用いる。（例）「来《こ》む」「来《こ》ぬ」

現代仮名遣いは、文法的な合理性から「ゆう」と発音しても「いう（言う）」と書くといった決まりや、「ず」「づ」「じ」「ぢ」の使い分けも健在である。

もし「現代仮名遣い」の議論で、文語を書き表すことも考慮に入れたとしたら、これらは必ずや議論に上り、あるいは採用されたかもしれないと思うのである。

（「秋桜抄」100、『新暦』二〇一六年五月号）

柔和なれども尋常ならず
――ドナルド・キーンさんを悼む

多言語ウェブマガジン「ニッポンドットコム」の編集者と久しぶりにキーン先生のお宅をおたずねしたのが二月十四日、仕上げた記事が二十一日に公開されて三日目の訃報に、私は打ちのめされました。

二〇一二年から一三年にかけて先生のお宅に通い、青年時代の日本語学習の様子をうかがって本にしたのが、先生との交流の始まりです。都合十数時間。海軍日本語学校で使った教科書、長沼直兄による『標準日本語讀本（全七巻）』を見るのは七十年ぶりだということでしたが、先生の記憶は正確でした。

たとえば、「教科書に前田さんは歌が下手だとあったから、その後前田さんという方に会うたびにそれを思い出して困った」と先生がおっしゃると、「黒田さんは上手に歌ったが、前田さんはそうではなかった」という意味の本文がちゃんとみつかるのです。暗唱したという教科書の三行ほどを一字一句違わず唱えてみせてくれたこともありました。

先生との時間の中で知った先生の秘密が、三つあります。一つ目は、日本語を読む速度が驚くほど速くて正確であること。二つ目は、漢文も古文も現代文も同じ速さと正確さで読めることです。先生はこの力を駆使して、古代から現代までの漢詩文を含む夥《おびただ》しい数の作品を読み『日本文学史』全十八巻や正続『百代の過客』を完成されたのだと納得しました。

三つ目は、九十歳を超えても、目も耳も冴《さ》え、機敏に動く類い稀《まれ》なお体の健やかさでした。私が先生はまだまだお元気だと思い込んだのは、このためです。

「人間のつくったもので、最も長く残るのは文学のことばです。」と先生はおっしゃいました。「千年も前のもので、今も生きて残っているものは、ほかにあるでしょうか」と先生がぐっと私を見たときの目の輝きを、私は忘れません。先生の文学のことばへの強い信頼が、矢のように私を貫いた一瞬でした。

本の仕事が終わってからも、私はキーン先生に関する文章を書いては先生にご覧いただき、そのたびに先生は新たな情報やコメントを下さいました。先生のことを短歌にも詠みました。先生が、憧れの京都への留学を実現したとき芭蕉の「京にても京なつかしや　ほととぎす」という句を思ったというお話に、私は憧れの先生の目の前にいる感動を重ね、「〈京にても京なつかし〉と先生が口ずさむ　そばにいてもなつかし」と詠み、「その本があったはずだと先生は九十二歳の身を本棚へ」「装幀に桜のデザイン選びたる桜大樹のような先生」などと合わせて掲載された短歌雑誌をお送りすると、先生は「こんなに賞《ほ》められたことがありません。誠に感謝しています。」とお葉書をくださいました。キーン先生がお名前に「鬼怒鳴門《キーン・ドナルド》」という漢字を当て、「私は時々ウオーッと鬼のように怒りますから」と説明されたのを受けて、「鬼怒川と阿波の鳴門の水しぶき鬼怒鳴門《キーン・ドナルド》異界へ通ず」「文豪も魑魅魍魎《ちみもうりょう》も手懐《てなず》けて柔和なれども尋常ならず」といった作品も作りました。先生は、とても嬉《うれ》しいとまたおはがきをくださるのでした。

一二年三月、先生は日本国籍を取得し、日本人の家族に恵まれました。ご養子の誠己《せいき》さんと冗談を言いあっては笑い、ご親族に囲まれてキーン先生が微笑《ほほえ》んでいる写真もありました。同世代の方々には「お兄様」、若い世代からは「おじさま」と呼ばれると嬉しそうでした。晩年の先生は大変お幸せでした。そして、先生は長く残る「文学のことば」を、たくさん残してくださいました。感謝の気持ちでいっぱいです。先生。本当にありがとうございました。

（「東京新聞」二〇一九年三月六日）

私の一首

・疑問符の弾けるやうに生まれ来てこの世の謎をきらきらと問ふ

二〇〇八年に刊行した歌集『魔法学校』に収めた一首である。「疑問符」と題した一連の最初に置いた。一連のなかには、

・ママと呼ぶボーイソプラノ　刻々と逃げゆくものの体温を抱く
・黒いのはピアノではなくその指だ　いきなり両手で始めた君だ

といった作品があり、次男が小学校低学年のころに作った作品であることが知られる。

「働く母親」を生きてきたが、私が子どもに与えたものより、子どもから得たものの方がはるかに大きい。子どもは何でも知りたくて、知ることを喜びながら成長していくのだった。人は、知りたいことを知るために生まれてくるのかもしれない。そんなことを考えさせてくれたのが冒頭の一首になった。

ただし、この一連の最後は、次のような二首で締めくくられる。

・人質の青年　頭を疑問符の形に垂れてころされたのか
・未来一つ惨殺されて暗闇に瀧のごときが轟々と鳴る

イラクで人質になった青年が、殺害予告の映像を公開された後、二〇〇四年十月三十一日に遺体で発見された事件に触発された作品である。疑問を解こうと遠く旅立った先でのことだった。

人は、大いなる何ものかからふいに疑問を投げか

けられる時がある。自らに投げかけられた疑問を受け止めたら最後、その疑問を解く旅に出ないわけにはいかない。青年もその一人だったのだろうと思う。
幼かった息子も成人し、この春、投げかけられた疑問を解こうと旅立った。母親には、無事を祈るほかなすすべもない。

（『新暦』二〇一九年七月号）

解説

「あい」に始まる

寺尾登志子

『日本語農場』の特色は自己表現の歯切れよさにあると思う。作者の思いが一首の中で印象的な映像を獲得した時、河路さん独自の世界が鮮明に表現され拡がってゆく。歌集に即していえばそれらはⅠに集中している。例えば冒頭の歌、

・子の母語が日本語なるは紛れなくほう法華経と聴く春の耳

上句の堅く断定的な物言いを四句が軽やかに受け止め「春の耳」に収斂させる手際が鮮やかだ。鶯の声を「ほう法華経」と聴くのは母であり、傍らには言葉を習得し始めた幼子がいる。早春の母と子そして鶯、この月並みな組み合わせが極めて現代的な一首に仕上がっているのは、作者が日本語に対してなみなみならぬ愛情と見識とを持つ為だと思われる。人は母たるものを通して言葉を獲得し、文化や伝統に連なってゆく。上句を導いた作者の視線は我が子のみに留まらず母語を奪われた人々の、例えば中国残留孤児の悲しみを見据えてもいるようだ。同様のテーマがⅡでは「腕づくで母語奪はれし苦しみの日本語による文学ありき」と詠まれている。思いを述べるに性急で歌としての拡がりは乏しいのではないだろうか。ⅠとⅡのこうした相違は、一年間の中国体験が作者にもたらした変容といえそうだ。中国詠には作者の闊達な知性と巧まざるユーモアの滲み出たものが多い。ありふれた素材が生き生きと情景を描き、作者の思いに奥行きを与えている。

・鈍重な牛ひっぱたき歩ませる八億の中の一人の農夫

・降りやまぬ蟬の声にも似てせつな　人民人民多すぎたるは

・西安の大き西瓜に顔埋め西瓜に呑まれてみる炎天下
・目を細め日本人には見えないと言はる　思はず謝謝《シェーシェー》と言ふ
・四川省生まれはなまり強ければピリリと辛いラ行が出ない

「ひっぱたき」という俗語が生きている一首目、「鈍重な牛」は八億を有する巨大な国家の姿とも、逆に八億の民そのものとも読み取れ、その二重性に現代中国の底知れぬエネルギーが感じられる。二首目では過剰なるものの喘ぎに視線を向ける。「人民人民」をオノマトペとして効かせる工夫に作者らしさが表れていよう。三首目は「西瓜に顔埋め」「西瓜に呑まれて」という対句的な繰り返しに注目したい。悠久の歴史を呑みこんで照りつける西安の炎天と、卑小な人間の営みとの対比が自ずと浮かぶ構図である。また技法のみならず、心情面での余裕も見逃せない。作者の戸惑いに思わず微笑を誘われる四首目のユーモアや、職務柄鋭敏にキャッチした発見を「ピリリと辛いラ行が出ない」とまとめた五首目の機知など、さりげないが捨て難い味わいを持つ。

河路さんの歌の本領は、作者の存在が読者にくっきりと伝わってくる点にある。情感のたゆたいやデリケートな陰影よりも、柄の大きな主題性とストレートな表現力で勝負するのがこの歌集の特長である。それは多様化する今日の短歌の中でも確かな可能性の一つであり、個性的な魅力となりうるものだ。作者の内部では日本語教育に対する情熱と母親としての慈しみが無理なく融合している。母としての成長が深め広げるであろう視野をもって、日本語教育の現場で直面するさまざまな思いをより効果的な表現方法によって詠み続けてほしい。

・唇を合はさぬハ音となりてより母と言ふたびため息交じる
・初秋の新入生に五十音「あい」に還りて教へ始める

(『日本語農場』一九九五年一月、しおり)

知的な快感の残る歌集

——歌集『日本語農場』

藤原龍一郎

AとBとの関係の発見が文明であり、その関係の意味を自分の感受性というフィルターをとおして自分の言葉で語ることが、真の知性なのだ、と教えてくれたのは、俳人の故高柳重信だった。

この歌集を読んで私がまず思ったことは、真の知性の確固たる存在ということだった。

- 日本語に文字のなかった黎明を語り始めて漢字の授業
- 漢字圏非漢字圏に学生を分けていよいよ「あいうえお」から
- 「あ」は「安」より優しいのです最後までうわんと丸く描ききること

これらの作品を読めばわかるように、作者河路由佳は、外国人に日本語を教える教師である。そして掲出歌からもわかるとおり、そういう特別な現場ならではのリアリティにみちている。もちろん、特別な現場の特別な状況や素材だけの珍しさだけではけっしてない。真の知性の裏づけがあるからこそ、特別な現場のリアリティが保証され、ひときわ輝きを放っているのである。

作者の経歴をあとがきから抜粋すると「一九八六年の秋、現地で生まれた嬰児を抱いてアメリカから帰国した私」は、「仕事と子育てに追われる毎日の中から、ほそぼそと、しかし決して片手間ではなく」短歌をつくりつづける。そして「一九九一年の夏からの一年間は中国・西安の大学で教鞭をとった。子供をつれての単身赴任であった」とのことである。こういうかなり風変わりな状況の中からさまざまな歌が生みだされてくる。

• 言霊の幸はふ国を出でし時歌人《うた》にあらざりき憶良よ
• 何とまあ漢字のうまい外人と言はれ自転車登録終る
• 降りやまぬ蟬の声にも似てせつな　人民人民多すぎたるは
• 隷書展見てきて思ふ　丸文字もたっぷり書かば美しからむ

こういう部分に、単なる外国詠ではない、作者のオリジナルの感受性が知性に昇華された鮮明な抒情を感じる。これがさらにとぎすまされると、鋭い文明批評性も獲得される。

• そのかみの非国民なる語の響きふとつぶやけばその歯切れ良さ
• 倭国には今なほ若き皇太子ありてそのうち妃《きさき》も決まる
• 手にとりし戦時の日中辞書「負《マ》ケル」「紛《マギ》レル」「迷《マヨ》フ」「参《マヰ》ル」「間違《マチガ》フ」

・「満州」で安西冬衛は日本《にっぽん》へ飛ぶ一匹の蝶を
　見たのだ

知的な毒が強い歌ばかりである。四首目の歌は、もちろん、「てふてふが一匹韃靼海峡を渡って行った」との詩に対する一種の反歌である。掲出歌は七首構成の連作の一首だがさらに〈日本語を日本ならざる風景に溶かし込まむとすることの是非〉という作もつづき、ここにも擬似的なイリュージョンを問い返すリアルな思考がきわだっている。

このように書いてくると理屈っぽい歌ばかりなのかと誤解されかねないが、〈お空から降りて来てママに呑まれてと真顔で童子の語る来歴〉〈若かりし祖父に愛され祖父の国日本には来なかったその人〉といった浪漫的抒情にみちた佳作も多い。読後に知的な快感の残る一冊である。

（『短歌人』一九九五年四月）

展望

――国際化の中の短歌

森山晴美

子の母語が日本語なるは紛れなくほう法華経
　と聴く春の耳　　　河路由佳

母語とはその人の育った文化の基となる言葉のこと。日本人の母語はふつう日本語だが、幼児期から外地で過ごし現地の学校で学んで長きに及べば、その地の言葉が母語になる。私は海外子女教育に関わってそうした分野のことをいささか知った。

この歌の作者は幼子を伴い中国で日本語教師を務めた経験を持ち、現在は大学で外国人留学生に日本語を教える仕事をしている。だから「母語」のような一般には馴染みのない言葉が日常的な環境にいる。我が子が鶯の声を「ホーホケキョー」と啼いている、と聴き取ったので、ああこの子の母語は紛れなく日本語だ、と安心した。「ホーホケキョー」に『法華経』を聞き取る日本人の耳については、折口信夫も書いている由、それを知らないとこの歌は難解になる。歌集『日本語農場』の中にあり、作者の関心と大事なものがちょうど一つになった歌である。この歌も、この歌集も今の日本の急激な国際化の進展の中に位置している。

一方、海外と日本人を考えさせる歌や歌人は昔からもあった。現代女流短歌全集四三巻の長森光代歌集『虹の行方』を読んで、その人生と歌の双方に深く感銘した。作者は四十路に入ってからフランス政府保護留学生として渡仏、パリや郊外に長期滞在し、フランス通信を書き続け小説も書く。歌は十代からアララギに所属、昨年末まで選者もつとめた。国際化はこの作者の中では深い錘となって沈み、その歌は確実に読者の心に沁み入る確かさをもつ。

地下鉄ヴァヴァン駅のさりげなき別れ思ふ心は涸れず二十七年　　長森　光代

薔薇枕つくらむと溜めし花びらを捨てしその日はその日のこころ

モンスーリ公園の椅子の冷たさも孤独も恋ほし時は美化する

河路さんは自らのテーマを国際化、言語に定めて作歌しており、長森さんは海外にあってこのテーマ——愛の行方——だけに心身を委ねている。

（『新暦』一九九八年九月号）

疾走する大器

――歌集『百年未来』評

古谷智子

『百年未来』は、鮮明な輪郭をもつ歌集である。鮮明さを感じさせる要素はさまざまであるが、まず第一に「日本語教育」というテーマがくっきりと浮き彫りにされていることがあげられるだろう。このことは「言の葉の苗を育てて出荷する日本語農場《ファーム》の春夏秋冬」と詠まれた第一歌集『日本語農場』と同様なのだが、本集では「ひとつ仕事にのめり込みたる年月は誇《ほこ》らしく時に疑《うたが》はしかり」とあり、その「誇らしさ」と「疑はしさ」の両端に振れる心を諸処に詠み込んでいる。どのような心の変化が訪れて、どのように歌が動いているのだろうか。鮮明なテーマにひそむ細部の陰翳なども大変に興味深く、一集を読み進めることになった。

わが好む一首を言へば書き取りし十人十色《といろ》の文字遣ひする

散文も書けぬ言語で詩など書くなと咄嗟《とつさ》に言へばそれですんだか

日本語でないことはない　詩でないと言ひ切ることはなほ難しい

灼熱の国へ発つ人　砂ならぬ日本の言葉を払ひ落として

一首目は、留学生を対象にした日本語の授業風景だ。同じ一首の歌も、音から文字に移し替えられるときには、それぞれの日本語の知識ともあいまって十人十色の感性を帯びる。二首目のように、散文としては支離滅裂な言葉の羅列でも、時には尖鋭な詩となるかも知れない。語学教師として咄嗟に注意できなかった作者の戸惑いが、底深い懐疑に結びつく。異言語の習得とは何か。留学生にとって日本語とは何か。折りに触れての疑問がそれぞれ根源にふれるものとなってゆく。疑問がかぎりなく広がり、自らが携わる日本語教育について「誇らしさ」とともに、「疑わしさ」が湧きあがるのを抑えることができないだろう。掲出歌は、長く言葉の教育に携わってきた著者の目で捉えた日本語、ひいては言語そのものの諸相が、抽象論ではなく、教育現場に取材した生々しい事例を通して詠まれており、つよい説得力を持っている。

百年とたたぬに言葉とどかざる未来の真昼に
来てしまひたり
不意の雨に心まで濡れる心地よさ　国家語な
らぬ母語こそが欲し
癒《いや》せるか慰《なぐさ》め得《う》るかざっくりと言葉に刺され
しものを言葉で

一首目は、母語としての変化とともに、国語としての日本語統制の変動の百年史を背景にしている。百年後に向けても、英語を日本の公用語にという論議もあり、母語の位置が心許ない。「言葉とどかざる」という一節には、こうした危機感が濃厚に漂っている。白日に晒されているのは、混乱極まりない日本語の危うさだろう。

百年前に、はじめて小学校に「国語科」という教科が出現した、と後記にあるように、以後発音、表記ともに国家の手によって強力に統制されてゆくことになる。二首目で「国家語ならぬ母語こそが欲し」と詠まれる所以であり、上句の驟雨に濡れ通る心とは、自然発生的な母語に包まれてふくよかに漂う心のようにも読める。三首目は、日本語に限らず、すべての言葉がもつ残酷性と慰謝性が詠われている。自然発生的な母語さえも言葉であるかぎり、当然言葉そのものが危うさを持っている。

『百年未来』は、こうした複雑な陰翳を細部に帯びながらも、日本語のあり方を見つめ続けようとする。著者のつよい志によって実に鮮明な輪郭を保っている。

家族三人《みたり》寝息を立つる闇温《ぬく》し　湯に入るごと

く身を沈めたり

生まれ出てまるごと真っ赤に泣く声で君が君だとすぐにわかった

天頂の星を見上ぐる角度にて日に幾度《いくたび》も子は我を見る

本集の鮮明な輪郭を形づくるもう一つの要因は、活気に満ちた家庭生活の充実振りだ。二人目の子を得、家を建て、仕事のステップを上げてゆく前傾的な生き方は、四輪駆動車の力強さを持っている。行動と思想、仕事と家庭がそれぞれに活発に動き合って、分裂することなく一つの方向に進んでいる。家庭と仕事の両立では、普通大きな葛藤があるのだが、それがあまり感じられない。「子を産みて餌《ゑ》をやりねぐらを整へる営《いとな》みと思へ　われ出勤す」といった割り切り方ができるところは、極めて現代的に思われた。また子供を中心とした家庭生活は、言葉以前の触れ合いがごく自然に尊重されていて、ふくよかな抒情や詩情が豊かで、印象に残る歌が多かった。

忙しさに酔うてをらぬか宵闇の駅でドリンク剤飲みながら

かの日よりわたしはずっと本名でわたし一人を生きてきました

裏返せば真っ赤にしたたる我ならむ　若葉萌えたつ樹海に入る

河路さんは真っ向からものごとに取り組む人なのだろう。抱えられるだけ仕事を抱え込んで、倒れんばかりの日常が随所に詠われている。一途な生き方が鮮やかに見える作品で作者像がくっきりと立つ。

鮮明な輪郭をもつ作品は潔く、快い。てきぱきとした語の斡旋と、メリハリのある律の快さは豪快で迫力がある。しかし同時に、やや短絡的な結論にむすびつきやすく、反権力的な姿勢をもふくめて常識的な価値観を導きやすくなるところもあるように思われた。集の特徴と言える鮮明な輪郭は、その意味では一方で、視点が一元的になりがちな危険性をもっているだろう。
　集中には、思いの外に「我」や「わたし」という言葉が頻出している。くっきりとした自己像は魅力的ではあるが、「死後の我は我執なき我」「我の目をいよよあはれむ車窓の我か」「我が拙さを流さむと川に立つ我が影の拙さ」「我はわが肉を絞り」等々は、必要以上に作者の姿がたち、却って歌が硬直化してはいないだろうか。明確な論理性や、主題意識を持った一連が、却って奥行きを失って感じられるということもあった。懸命な生き方と、鮮明な歌のあり方に感動しながらも、その点が少し気になるところだった。

　窓をしめれば夕陽は部屋に満ちてゐて我ら言
　葉を忘れてゐたり
　人思ふ椿くれなゐ　春闌けて極まれば闇の色
　に近づく

混沌と矛盾のなかに、ふと立ち止まって身辺を見回す作者の表情がうかがえる。こうした逆説に戸惑う魅力的な表情をもっと見せてもらいたいとも思うのだ。
　河路さんは大きな器であり、仕事のみならず生きることそのものにおいても、「誇らしさ」と「疑はしさ」のさまざまな位相を容れてなお余裕のある方だろう。行動と思想、仕事と家庭の四輪をフルに回転させて疾走し、その先々で豊かな人生の荷を積み込んでゆかれることだろうと、大きな期待を抱いている。

（『りとむ』二〇〇〇年一一月号）

夢を追う人

――歌集『魔法学校』

内　藤　明

河路の第三歌集『魔法学校』は、「未完成」と題された一連八首からはじまる。

二〇〇〇年まであと六日　永遠に未完成なる幸《さいは》ひを聴く

オーボエを弦楽が追ふフレーズのやがて絡み合ひ溶けあひぬ

華やかなファンファーレ今吹き終へてトロンボーンより離す唇

学生オーケストラが演奏するシューベルトの交響曲七番「未完成」を年末に聴いている連作であるが、歌集の序曲のような形で、新しい世紀への期待がこめられている。その中で、引用一首に「永遠に未完成なる幸ひ」という句がある。「未完成」を、まだ完成に至らぬ欠陥品ととらえるのでなく、さまざまな可能性を内包した「幸ひ」ととらえている。ここには、作者の生き方がそのまま表れており、とても印象的だ。次の連作「ミレニアム」では、『二〇〇〇年のわたし』に夢を綴りしは少女期　四半世紀の昔「二〇〇〇年は必ず来ると思ひゐき　必ずかなふ夢と思ひき」ともある。「夢」はこの歌集にいろいろな形で出てくるキーワードである。二一世紀は、必ずしも平和に満ちたものとしては始まらなかったし、河路自らも生死の間をさまようが、一冊を読み終えて冒頭に戻ると、作者の前向きで行動的な姿勢が改めて確認される。そして、二首目のようなハーモニーへの指向や、三首目のような細やかな視線も加わっていることに気づかされる。

河路の歌は、韜晦や技巧に赴かず、直截に事や心を言葉としていく。『魔法学校』には、七年半の作者の実生活が、かなり生々しく刻まれているようだ。そこに、作者のいくつかの顔がうかがえるが、もっとも心に残ったのは、母としての顔を見せた歌々である。

その父と頭の形よく似るを撫でてゐるうち寝てしまひたり

水色に晴れた五月の空の下五歳の吾子とその友だちと

ふと空へ吸ひ込まれるのが心配な天体好きの十五歳なり

負けさうになると泣く子を結局は勝たせてつつがなき家族なり

まことに平和な親子の情景が描かれる。どこにでもある光景ともいえるが、そういった世界をあからさまに歌うには勇気と用意が必要だ。少し甘すぎるのではないかという歌もあるが、歌を選んでいくと、情景と思いが簡明な言葉ですっきりとうたわれており、ブレや揺れがなく、快く、またあたたかい。ひたすらに子と向き合っている懸命さが、愛情とともに感じられる。そして、集の中に流れる時間とともに、子の成長がうかがえる。

突然に死んだ金魚の墓の上いっぱいに罌粟の種を蒔く子よ

将棋盤はさんで見合ふ兄、弟　わが死後をふとのぞく心地す

我がちから及ばむかぎり子の夢はかなへてやらむ　甘えびを買ふ

可能性ふつふつ滾《たぎ》る少年の母がこの我なること如何《いか》に

一首目、動物の突然の死に触れた子の行動を通して、子の内部の疑問符を覗き見ている母の姿が浮かび上がる。また二首目では、かつては「次々におたまじゃくしを五匹まで掬ひし兄を弟は仰ぐ」とうたわれた子が成長し、その後の姿を思わせるまでになっていることにハッとさせられる。そして三首目では、親心を吐露しつつ、それに対する批評が結句で

ユーモラスに展開され、四首目では、自己が子の視線から相対化できる存在となろうとしている。子の歌は、いわば親の成長の過程でもあるが、おそらく歌集の母親が子煩悩に陥らないのは、「憧れの勝りてかの日選びたる『働く母』を生きて　悔《く》いなし」と詠まれている「働く母」の顔を、河路がしっかりともっているからだろう。河路は日本語教育の研究者、実践者として大学でのキャリアーを積み、多くの外国の人とも接している。それは、また日常生活へも投影しているが、それらがさまざまな形となって、この歌集を貫くもう一つの世界を構成している。

　エーゲ海より来し画学生ニッポンの空は白濁してゐると言ふ
　切っ先は不意に我らに向けられて「漢字を使ふ破廉恥を知れ」
　太陽だけを信じればよくキャンパスの喧噪に眼を閉ぢる日時計
　巨大な手が裂けた空から下りてきて我を卵と決めて摑めり
　美しき水の都の蘇州にも工業地区あり日本語のあり
　アフリカ系日本人として新しく創《はじ》めむとする「夢作《むさ》」といふ姓
　タイ文字はわからないからカタカナでばあちゃんに書いたタイ語の手紙

　一首目、エーゲ海と白濁の対照がすこし見えすぎるが、改めて日本の空を眺め直してしまう。二首目、漢字全廃論者との「論争」が舞台であり、緊迫した臨場感がある。三首目、学びの場での一途さが日時計にこめられているかのようだ。四首目、公募による転職が叶ったことを、白秋歌を本歌取り風に使って面白い。五首目、下句の二つの列叙の中に「日本語」教師としての作者の眼をうかがわせる。六首目、連作中の一首だが、ここにも「夢」があらわれる。七首目、日本に暮らす外国人の、複雑なありようがうたわれている。

現場に関わる世界は、連作や詞書きがないと一首ではわかりにくい歌もあり、叙事的な意味内容に関心が向かってしまうが、アジアの中での日本語と日本語教育を通して、時間と空間を越えてさまざまな人間、歴史がこの集に収められ、否応なく「日本」が問われる。また、河路はこの間に博士論文を仕上げている。テーマは、戦時体制下における「国際学友会」による外国人への日本語教育の展開に関するもので、それが戦後の日本語教育とも断絶していないことを実証するものである。強い問題意識のもとに、資料の渉猟や聞き取り調査がなされた労作である。ちなみに『魔法学校』では、歴史的仮名遣いによりながら、促音や拗音は小字を用いるが、これは河路が復刻した「国際学友会」の日本語教科書も途中まで用いた方法である。広く開かれた言葉の使い易さと、言葉の歴史性を考え続ける河路の思想や試行が、短歌にも生きている。

　このように、この歌集は、現代を積極的に生きる女性の息づかいや葛藤が生き生きと伝わって米、作者の生の輪郭が肯定的に刻まれ、生きる元気や気力を与えてくれる。反面、暗示や謎によって読者を立ち止まらせる手法とは異なり、全てを言い切ってしまう感があり、やや言葉の荒っぽさもある。だが、歌集を読み進めていくと、笑いや余裕も加わり、題詠によって新たな素材を獲得するなど、歌の幅がぐんと広がっている。

廃屋《はいをく》に或る日貼り紙現れて「捨て猫に餌をやるべからず」

歌作る人は多くて作らぬ人もっと多くて桜満開

我が舌があれよあれよと思ひ出す　秘伝の「外郎売《ういろううり》」の口上

例えば一首目の「廃屋」をとりかこむ奇妙な状況や、二首目のユーモラスなとらえ方など、何気ない中に楽しさがある。また三首目は、亡師山本安英にちなむ歌だが、身体の中に眠っていたものが吹き出すかのようだ。また作者には、連作によって物語的に一つの世界を作ってみようとする指向があり、「黒姫伝説」「冤罪」「整体師」「初夏のジャケット」など、一連全体として、また歌の連なりの展開として、面白く読んだ。四十代の試行と葛藤の日々の積み重ねがぎっしりつまって多くの問いが提示されているとともに、時に我を離れての自然や人間との親和に心を遊ばせており、充実の時と未来を思わせる一冊である。

人質の青年　頭を疑問符の形に垂れて殺されたのか

私たちと働きませんかと香ばしき看板出さる　春のパン屋に

（『新暦』二〇〇九年三月号）

河路由佳歌集『夜桜気質』

西村　美佐子

短歌という詩型にとって、旧仮名表記か新仮名かという選択は、作品の質に直に関わる大事である。本書はあとがきに、「本歌集から仮名遣いを現代仮名遣いに改めた」とその経緯詳細が記されており、四冊目の歌集での決断が潔く、素敵だ。「よざくらかたぎ」とのルビは一箇所（あとがき）のみだが、気質《かたぎ》というニュアンスのもつ凛々しさが、この一冊には似合う。

・その細き枝先までは生きていてその先は空　近くて遠い

たとえばこの歌の、読者の心を鷲摑みにする理由を挙げるならば、無邪気なほどに大胆な省略にあるといえるだろうか。「生きていて」あるいは「近くて遠い」ことの正体は明示されていない。文脈的なもどかしさは同時に、意味の整合性を求めるばかりでは実現し得ないニュアンスを一首に与える。形態《かたち》ある存在としての生＝枝と、宙＝空との対比。「その先は空」からの一字アケが絶妙だ。枝先を辿ってきた視線が突如、宙ぶらりんになる。落下の感覚、もしくは上昇の浮遊感でもあるか。いずれにしてもこの一字分のブランクは、まさに「空」そのものである。

つぎのような歌もある。

・眼鏡かければ時間はひゅんと集まってわが一日が流れ始める

「ひゅん」という擬音語が時間を視覚化してみせることに驚く。この歌を含む「眼鏡の時間」の章は、「二〇〇九年、中島敦生誕百年。」の詞書きに始まる。「ひゅん」の一語の効果か、眼鏡の物質感を共通項に、作者と中島敦の振る舞いが歌に交錯する一連である。じつは、『中島敦「マリヤン」とモデルのマリア・ギボン』（河路由佳編）の存在が二人の関係の根底にあるのだが、それを言わないぶん、親しさの度合いが濃厚に漂う。作者なのか中島敦なのか、それとも両方か。二人が時間軸の一点に並ぶ。

ところで、本集は、そのモチーフを、大学の教授であり、妻であり母、また娘でもある作者の日常に置く。〈役職をひとつ受ければぞろぞろと小芋のような仕事が増える〉と、多忙な現実をゆったりとした調べに溶きほぐす。ニュートラルな視線に綴られた内容は読者を疲れさせないが、そうした日常のなかに燦然と、前述の「枝と空」のような、「眼鏡」のような、異次元が出現する。『夜桜気質』の最大の魅力がそこにある。

（「短歌」二〇一六・五月号）

河路由佳歌集　　現代短歌文庫第161回配本

2021年10月28日　初版発行

著　者　河　路　由　佳

発行者　田　村　雅　之

発行所　砂　子　屋　書　房

〒101-0047　東京都千代田区内神田3-4-7

電話　03－3256－4708

Fax　03－3256－4707

振替　00130－2－97631

http://www.sunagoya.com

装本・三嶋典東

現代短歌文庫

（　）は解説文の筆者

現代短歌文庫

（　）は解説文の筆者

㉓春日真木子歌集（北沢郁子・田井安曇他）
『野菜涅槃図』全篇

㉔道浦母都子歌集（大原富枝・岡井隆）
『無援の抒情』『水憂』『ゆうすげ』全篇

㉕山中智恵子歌集（吉本隆明・塚本邦雄他）
『夢之記』全篇

㉖久々湊盈子歌集（小島ゆかり・樋口覚他）
『黒鍵』全篇

㉗藤原龍一郎歌集（小池光・三枝昻之他）
『夢みる頃を過ぎても』『東京哀傷歌』全篇

㉘花山多佳子歌集（永田和宏・小池光他）
『樹の下の椅子』『楕円の実』全篇

㉙佐伯裕子歌集（阿木津英・三枝昻之他）
『未完の手紙』全篇

㉚島田修三歌集（筒井康隆・塚本邦雄他）
『晴朗悲歌集』全篇

㉛河野愛子歌集（近藤芳美・中川佐和子他）
『黒羅』『夜は流れる』『光ある中に』（抄）他

㉜松坂弘歌集（塚本邦雄・由良琢郎他）
『春の雷鳴』全篇

㉝日高堯子歌集（佐伯裕子・玉井清弘他）
『野の扉』全篇

㉞沖ななも歌集（山下雅人・玉城徹他）
『衣裳哲学』『機知の足首』全篇

㉟続・小池光歌集（河野美砂子・小澤正邦）
『日々の思い出』『草の庭』全篇

㊱続・伊藤一彦歌集（築地正子・渡辺松男）
『青の風土記』『海号の歌』全篇

㊲北沢郁子歌集（森山晴美・富小路禎子）
『その人を知らず』を含む十五歌集抄

㊳栗木京子歌集（馬場あき子・永田和宏他）
『水惑星』『中庭』全篇

㊴外塚喬歌集（吉野昌夫・今井恵子他）
『喬木』全篇

㊵今野寿美歌集（藤井貞和・久々湊盈子他）
『世紀末の桃』全篇

㊶来嶋靖生歌集（篠弘・志垣澄幸他）
『笛』『雷』全篇

㊷三井修歌集（池田はるみ・沢口芙美他）
『砂の詩学』全篇

㊸田井安曇歌集（清水房雄・村永大和他）
『木や旗や魚らの夜に歌った歌』全篇

㊹森山晴美歌集（島田修二・水野昌雄他）
『グレコの唄』全篇

現代短歌文庫

（　）は解説文の筆者

㊺上野久雄歌集（吉川宏志・山田富士郎他）
『夕鮎』抄、『バラ園と鼻』抄他

㊻山本かね子歌集（蒔田さくら子・久々湊盈子他）
『ものどらま』を含む九歌集抄

㊼松平盟子歌集（米川千嘉子・坪内稔典他）
『青夜』『シュガー』全篇

㊽大辻隆弘歌集（小林久美子・中山明他）
『水廊』『抱擁韻』全篇

㊾秋山佐和子歌集（外塚喬・一ノ関忠人他）
『羊皮紙の花』全篇

㊿西勝洋一歌集（藤原龍一郎・大塚陽子他）
『コクトーの声』全篇

51 青井史歌集（小高賢・玉井清弘他）
『月の食卓』全篇

52 加藤治郎歌集（永田和宏・米川千嘉子他）
『昏睡のパラダイス』『ハレアカラ』全篇

53 秋葉四郎歌集（今西幹一・香川哲三）
『極光―オーロラ』全篇

54 奥村晃作歌集（穂村弘・小池光他）
『鴇色の足』全篇

55 春日井建歌集（佐佐木幸綱・浅井愼平他）
『友の書』全篇

56 小中英之歌集（岡井隆・山中智恵子他）
『わがからんどりえ』『翼鏡』全篇

57 山田富士郎歌集（島田幸典・小池光他）
『アビー・ロードを夢みて』『羚羊譚』全篇

58 続・永田和宏歌集（岡井隆・河野裕子他）
『華氏』『饗庭』全篇

59 坂井修一歌集（伊藤一彦・谷岡亜紀他）
『群青層』『スピリチュアル』全篇

60 尾崎左永子歌集（伊藤一彦・栗木京子他）
『彩紅帖』全篇『さるびあ街』（抄）他

61 続・尾崎左永子歌集（篠弘・大辻隆弘他）
『春雪ふたたび』『星座空間』全篇

62 続・花山多佳子歌集（なみの亜子）
『草舟』『空合』全篇

63 山埜井喜美枝歌集（菱川善夫・花山多佳子他）
『はらりさん』全篇

64 久我田鶴子歌集（高野公彦・小守有里他）
『転生前夜』全篇

65 続々・小池光歌集
『時のめぐりに』『滴滴集』全篇

66 田谷鋭歌集（安立スハル・宮英子他）
『水晶の座』全篇

現代短歌文庫

（　）は解説文の筆者

⑰今井恵子歌集（佐伯裕子・内藤明他）
『分散和音』全篇

⑱続・時田則雄歌集（栗木京子・大金義昭）
『夢のつづき』『ペルシュロン』全篇

⑲辺見じゅん歌集（馬場あき子・飯田龍太他）
『水祭りの桟橋』『闇の祝祭』全篇

⑳続・河野裕子歌集
『家』全篇、『体力』『歩く』抄

㉑続・石田比呂志歌集
『孑孑』『忘八』『涙壺』『老猿』『春灯』抄

㉒志垣澄幸歌集（佐藤通雅・佐佐木幸綱）
『空壜のある風景』全篇

㉓古谷智子歌集（来嶋靖生・小高賢他）
『神の痛みの神学のオブリガード』全篇

㉔大河原惇行歌集（田井安曇・玉城徹他）
未刊歌集『昼の花火』全篇

㉕前川緑歌集（保田與重郎）
『みどり抄』全篇、『麥穗』抄

㉖小柳素子歌集（来嶋靖生・小高賢他）
『獅子の眼』全篇

㉗浜名理香歌集（小池光・河野裕子）
『月兎』全篇

㉘五所美子歌集（北尾勲・島田幸典他）
『天姥』全篇

㉙沢口芙美歌集（武川忠一・鈴木竹志他）
『フェベ』全篇

㉚中川佐和子歌集（内藤明・藤原龍一郎他）
『霧笛橋』全篇

㉛斎藤すみ子歌集（菱川善夫・今野寿美他）
『遊楽』全篇

㉜長澤ちづ歌集（大島史洋・須藤若江他）
『海の角笛』全篇

㉝池本一郎歌集（森山晴美・花山多佳子）
『未明の翼』全篇

㉞小林幸子歌集（小中英之・小池光他）
『枇杷のひかり』全篇

㉟佐波洋子歌集（馬場あき子・小池光他）
『光をわけて』全篇

㊱続・三枝浩樹歌集（雨宮雅子・里見佳保他）
『みどりの揺籃』『歩行者』全篇

㊲続・久々湊盈子歌集（小林幸子・吉川宏志他）
『あらばしり』『鬼龍子』全篇

㊳千々和久幸歌集（山本哲也・後藤直二他）
『火時計』全篇

現代短歌文庫

（　）は解説文の筆者

89 田村広志歌集（渡辺幸一・前登志夫他）
『島山』全篇

90 入野早代子歌集（春日井建・栗木京子他）
『花凪』全篇

91 米川千嘉子歌集（日高堯子・川野里子他）
『夏空の櫂』『一夏』全篇

92 続・米川千嘉子歌集（栗木京子・馬場あき子他）
『たましひに着る服なくて』『一葉の井戸』全篇

93 桑原正紀歌集（吉川宏志・木畑紀子他）
『妻へ。千年待たむ』全篇

94 稲葉峯子歌集（岡井隆・美濃和哥他）
『杉並まで』全篇

95 松平修文歌集（小池光・加藤英彦他）
『水村』全篇

96 米口實歌集（大辻隆弘・中津昌子他）
『ソシュールの春』全篇

97 落合けい子歌集（栗木京子・香川ヒサ他）
『じゃがいもの歌』全篇

98 上村典子歌集（武川忠一・小池光他）
『草上のカヌー』全篇

99 三井ゆき歌集（山田富士郎・遠山景一他）
『能登往還』全篇

100 佐佐木幸綱歌集（伊藤一彦・谷岡亜紀他）
『アニマ』全篇

101 西村美佐子歌集（坂野信彦・黒瀬珂瀾他）
『猫の舌』全篇

102 綾部光芳歌集（小池光・大西民子他）
『水晶の馬』『希望園』全篇

103 金子貞雄歌集（津川洋三・大河原惇行他）
『邑城の歌が聞こえる』全篇

104 続・藤原龍一郎歌集（栗木京子・香川ヒサ他）
『嘆きの花園』『19××』全篇

105 遠役らく子歌集（中野菊夫・水野昌雄他）
『白馬』全篇

106 小黒世茂歌集（山中智恵子・古橋信孝他）
『猿女』全篇

107 光本恵子歌集（疋田和男・水野昌雄）
『薄氷』全篇

108 雁部貞夫歌集（堺桜子・本多稜）
『崑崙行』抄

109 中根誠歌集（来嶋靖生・大島史洋雄他）
『境界』全篇

110 小島ゆかり歌集（山下雅人・坂井修一他）
『希望』全篇

現代短歌文庫

（　）は解説文の筆者

⑪木村雅子歌集（来嶋靖生・小島ゆかり他）
『星のかけら』全篇
⑫藤井常世歌集（菱川善夫・森山晴美他）
『氷の貌』全篇
⑬続々・河野裕子歌集
『季の栞』『庭』全篇
⑭大野道夫歌集（佐佐木幸綱・田中綾他）
『春吾秋蟬』全篇
⑮池田はるみ歌集（岡井隆・林和清他）
『妣が国大阪』全篇
⑯続・三井修歌集（中津昌子・柳宣宏他）
『風紋の島』全篇
⑰王紅花歌集（福島泰樹・加藤英彦他）
『夏暦』全篇
⑱春日いづみ歌集（三枝昂之・栗木京子他）
『アダムの肌色』全篇
⑲桜井登世子歌集（小高賢・小池光他）
『夏の落葉』全篇
⑳小見山輝歌集（山田富士郎・渡辺護他）
『春傷歌』全篇
㉑源陽子歌集（小池光・黒木三千代他）
『透過光線』全篇
㉒中野昭子歌集（花山多佳子・香川ヒサ他）
『草の海』全篇
㉓有沢螢歌集（小池光・斉藤斎藤他）
『ありすの杜へ』全篇
㉔森岡貞香歌集
『白蛾』『珊瑚數珠』『百乳文』全篇
㉕桜川冴子歌集（小島ゆかり・栗木京子他）
『月人壮子』全篇
㉖柴田典昭歌集（小笠原和幸・井野佐登他）
『樹下逍遙』全篇
㉗続・森岡貞香歌集
『黛樹』『夏至』『敷妙』全篇
㉘角倉羊子歌集（小池光・小島ゆかり）
『テレマンの笛』全篇
㉙前川佐重郎歌集（喜多弘樹・松平修文他）
『彗星紀』全篇
㉚続・坂井修一歌集（栗木京子・内藤明他）
『ラビュリントスの日々』『ジャックの種子』全篇
㉛新選・小池光歌集
『静物』『山鳩集』全篇
㉜尾崎まゆみ歌集（馬場あき子・岡井隆他）
『微熱海域』『真珠鎖骨』全篇

現代短歌文庫

（　）は解説文の筆者

133 続々・花山多佳子歌集（小池光・澤村斉美）
『春疾風』『木香薔薇』全篇

134 続・春日真木子歌集（渡辺松男・三枝昻之他）
『水の夢』全篇

135 吉川宏志歌集（小池光・永田和宏他）
『夜光』『海雨』全篇

136 岩田記未子歌集（安田章生・長沢美津他）
『日月の譜』を含む七歌集抄

137 糸川雅子歌集（武川忠一・内藤明他）
『水螢』全篇

138 梶原さい子歌集（清水哲男・花山多佳子他）
『リアス／椿』全篇

139 前田康子歌集（河野裕子・松村由利子他）
『色水』全篇

140 内藤明歌集（坂井修一・山田富士郎他）
『海界の雲』『斧と勾玉』全篇

141 続・内藤明歌集（島田修三・三枝浩樹他）
『夾竹桃と葱坊主』『虚空の橋』全篇

142 小川佳世子歌集（岡井隆・大口玲子他）
『ゆきふる』全篇

143 髙橋みずほ歌集（針生一郎・東郷雄二他）
『フルヘッヘンド』全篇

144 恒成美代子歌集（大辻隆弘・久々湊盈子他）
『ひかり凪』全篇

145 続・道浦母都子歌集（新海あぐり）
『風の婚』全篇

146 小西久二郎歌集（香川進・玉城徹他）
『湖に墓標を』全篇

147 林和清歌集（岩尾淳子・大森静佳他）
『木に縁りて魚を求めよ』全篇

148 続・中川佐和子歌集（日高堯子・酒井佐忠他）
『春の野に鏡を置けば』『花桃の木だから』全篇

149 谷岡亜紀歌集（佐佐木幸綱・菱川善夫他）
『臨界』抄、『闇市』抄、他

150 前川斎子歌集（江田浩司・渡英子他）
『斎庭』『逆髪』全篇

151 石井辰彦歌集
『七竈』『墓』全篇、『バスハウス』抄、他

152 伝田幸子歌集（岡井隆・波汐國芳他）
『蔵草子』全篇、他

153 宮本永子歌集（林安一・三井ゆき他）
『鶸に来る鳥』『雲の歌』全篇

154 本田一弘歌集（小池光・和合亮一他）
『磐梯』『あらがね』全篇

現代短歌文庫

（　）は解説文の筆者

⑮富田豊子歌集（小中英之・大岡信他）
『漂鳥』『薊野』全篇
⑯小林幹也歌集（和田大象・吉川宏志他）
『裸子植物』全篇
⑰丸山三枝子歌集（千々和久幸・村島典子他）
『街路』全篇
⑱青木春枝歌集（来嶋靖生・森山晴美他）
『草紅葉』全篇
⑲真中朋久歌集（河野美砂子・大松達知他）
『雨裂』『エウラキロン』全篇
⑯小島熱子歌集（前川佐重郎・山内照夫他）
『ぽんの不思議の』全篇

（以下続刊）
水原紫苑歌集　　篠弘歌集
馬場あき子歌集　　黒木三千代歌集